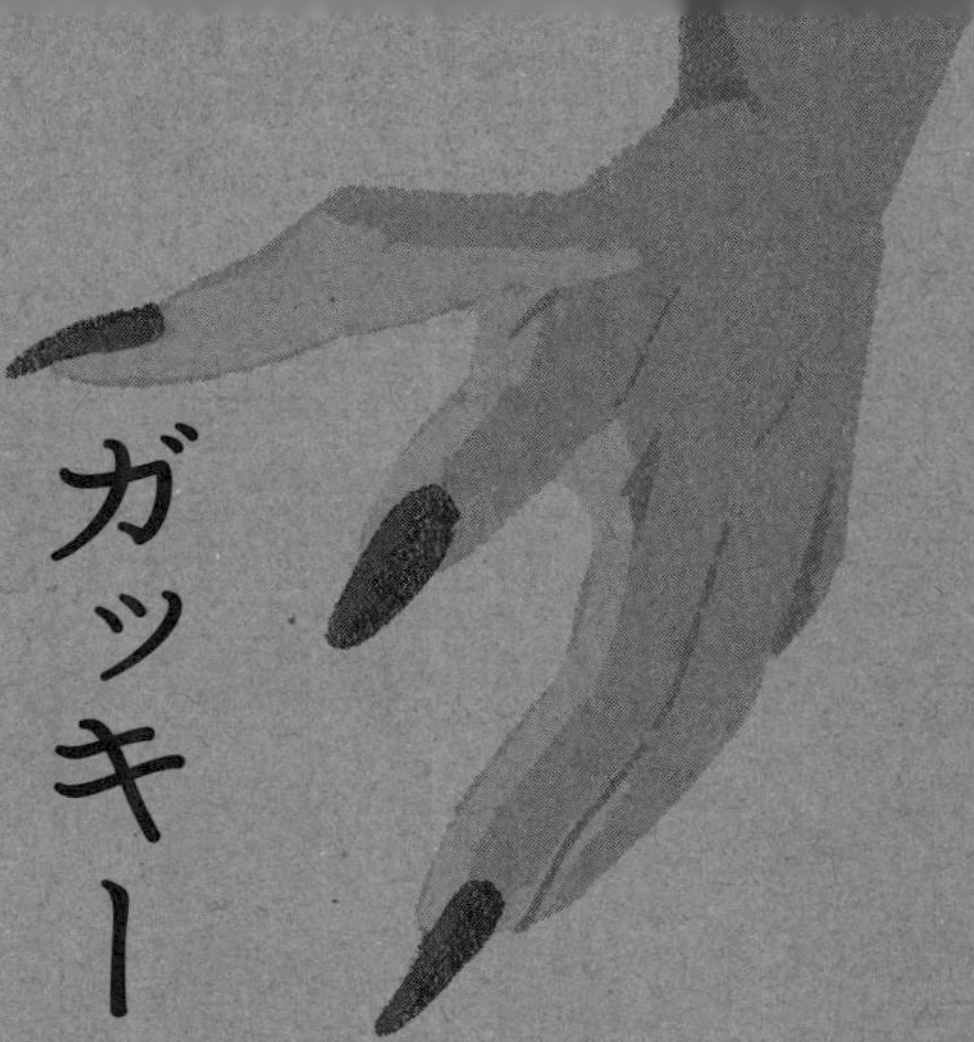

ガッキーとグッキー
不思議な木箱

芝くりむ
SHIBA KURIMU

幻冬舎MC

ガッキーとグッキー　不思議な木箱

目次

◉登場人物の紹介

女王――メロウ星（マゼラン銀河第十七番惑星）を支配する女王。

安田翔太《やすだしょうた》――遠くの星から二匹の犬を連れて地球にやって来た。
居心地の良さから、二十数年間地球に暮らしている。
職業はタクシーの運転手。

宇宙人

ガッキー――翔太と行動を共にしている小さな犬。チワワに見える。
自立心が強く動物に変わることができる。
のみ、白馬、ハヤブサ等。

グッキー――翔太と行動を共にしている小型犬。柴犬に見える。
優柔不断な性格で静物に変わることができる。
サングラス、馬車等。

地球人

中御門遼《なかみかどりょう》——翔太の高校時代の同級生。所属していた陸上競技部ではインターハイ出場の経験がある。探偵事務所に勤務している。

中御門創一《そういち》——中御門遼の父。腕の良い宮大工。木箱の修復に、半世紀にわたり情熱を傾けている。認知の症状が出てきてもその熱は冷めず完成を迎える。夫婦で高齢者ホームに入所するが、創一の希望で退所する。

中御門志保《しほ》——中御門創一の妻。二女一男を育てる。

小田切警視正《おだぎりけいしせい》——調布中央警察署署長。頭脳めいせきで空手を愛する武道家。

桐野江桜子《きりのえさくらこ》——翔太の働くタクシー会社の同僚。一人娘の美咲と暮らしている。

1章　不思議な木箱

司令長官室にある巨大モニタの映像には、一面にわたり氷で覆われた景色が広がっていた。マゼラン銀河第三番惑星のどこかの街をドローンのカメラが上空から見ている映像だ。モニタの下部に、『作戦開始一年後』と表示されている。その街には生物の動きはない。映像には冷えとした氷の景色が次々と展開されていった。

密集している住宅の屋根や壁はどれも白く厚い氷で覆われている。軒下には太い氷柱が連続して、舗装された広い道は風が吹きつけて雪が舞い、遠くまで見通すことはできない。街路樹は吹きつける雪に白く覆われている。建物、街路、樹木は確かに映像の中に映し出されているのだが、生活者の影はどこにも見当たらない。

「そろそろ良い頃合いだ！　この星の生物がどのような状態なのかを調査しなさい。第三調査部隊、出撃せよ」

メロウ星、戦略司令長官室の中央にあるデスクから女王が命じた。

壁際には背筋を伸ばした数人の軍服姿の者が整列して前を見ている。

宇宙戦艦から第三調査部隊が飛び立った。厚い鋼板に覆われた流線形の物体が十機飛び立った。氷に覆われた星のいくつかの地点を調査するためだ。調査隊は母船からゆるりと音もなく上方に向かった。

一週間後、調査を終えた第三部隊は帰艦した。

「右側の映像の気温はマイナス三十度です」

司令長官は直立したままモニタを指さした。この部屋には二台の巨大モニタが並んで設置されている。右側のモニタは現在の景色。左側は一年ほど前の景色。同じ場所が映し出されていた。しかし、別世界の映像、同じ場所とは思えない景色があった。ドローン映像は、正確なプログラミングにより狂いのない位置取りで、マゼラン銀河第三番惑星の同じ場所を映し出している。

一年前の映像では生物が建物の周辺を歩いていたり、沢山の子供たちが遊んでいたりしている。樹木は青々と茂り、広い道路は遠くまで続いている。しかし、他方の直近の映像には雪が舞い、冷たい風が吹きすさぶ寒々しい氷の街が映し出されている。

生物の動きは一切ない。人工物が氷に覆われ、吹き荒れる乱吹が視界を遮り、遠くまで見渡すことができない。

「家の中はどのようになっていた」

ロングドレスを纏った長い髪の女王は満足そうに何度も頷くと、冷ややかな声を出した。

「生物はすべて絶滅していました。作戦開始、半年後には、暖房のためのエネルギー供給は完全にストップし、食料もなくなり凍死したと思われます」

モニタの前で直立した司令長官は緊張気味に話した。

「作戦は、女王様がお立てになった計画通り着実に進んでいます」

「よくやった。長官に勲章を授ける、これからも私に忠誠をつくしなさい」

頷く長官を見て女王は続けた。

「上空に散布したウロコ粒子をすべて回収する。太陽光を一年前の状態に戻し、この星を我々の植民地とするために再生する」

小さな顔、切れ長の瞳と鋭く伸びた耳。女王の薄い唇は耳下まで裂け上がり薄く微笑んでいる。


——一年ほど前、その星には沢山の生物がいた。食料を生産し消費する。規律と気遣いのある文明社会があった。沢山の緑に覆われ、湧き出る水は永遠に続くと誰もが信じていた。しかし、その宝の星は、遠くの星、女王の支配する星にとっても魅力的に見えた。原住民族を葬り去り、植民地として征服するために女王は行動した。

太陽光が半減したマゼラン銀河第三番惑星の地表面温度は一気に低下した。それにより、作物が育たず食べ物が不足し、暖房のためのエネルギーの供給がままならず、寒さにより行動範囲が限定されることとなってしまった。

日常の暮らしが脅かされているその星の国民の不平と不満は、爆発的に拡大していた。

国王は気温の低下を招いている原因を突き止めるための調査を開始するよう緊急防衛チームを発足させた。国民の日常生活を復活させるべく、すべての国家活動を停止させ、現在起こっている事象に立ち向かうためのチームだ。国土防衛のため学識者と軍事部門の精鋭部隊千人規模であった。その星の科学者はあらゆるスキルを結集して、不眠不休の態勢で原因を突き止めるため行動した。

そのチームは、宇宙空間に漂って、太陽光を反射している物体を数個回収することに成功した。

その物体は何からできているのか。また、数億枚の反射板が太陽光を遮断するために時間と共に位置を変えたり、角度を調節したりできるのか。なぜ一糸乱れぬ集団行動ができるのかを調べた。

しかし、第三番惑星の持つ科学力では詳しいことは分からなかった。

その星の国民は、毎日発表される緊急防衛チームの調査の進捗に一喜一憂していた。

なぜ気温の低下が起きているのか、この現象は直るのか、以前の暮らしに戻ることができるのか。国民の不安は日を追うごとに大きくなった。

日常の活動をすべて停止して家に閉じこもり、残りわずかなエネルギーにより暖を取り、わずかな食料を前に不安な気持ちが限界に達しようとしていた。その間も、太陽光の減少は進行し、作物は枯れ果て、交通網は遮断された。

気温の低下の原因が判明したとメディアが伝えた時には、居住地から大きな歓声が上がった。原因が分かれば対応方法を考え出し、それを実行に移すことができる。ほのかな光が目の前に現れた瞬間だ。多くの国民は緊急防衛チームの窓口に連絡を取った。一刻の猶予も許されない自身の状況を伝え、次の展開を急がせるためである。しかし、その後の緊急防衛チームからの発表はもたついた。差し迫った状況の中で、一発必中の手段を確定させる科学者の意見が折り合わなかったためだ。

効果的な手段がない中での最善策はどうあるべきかの意見を見出せないでいた。

『反射板を爆発により破壊し拡散する』

これが最終方針となった。

巨大ロケットを十台製造し、強力な爆弾を搭載しロケットは発射された。

太陽光を遮蔽している特定物質を除去するために飛び立ったのである。ロケットを自爆させ、その特定物質を破壊、或いは拡散させて太陽光を取り戻し、その星を元の状態に回復する。

文字通り運命をかけた作戦だ……。

国民の期待を一身に背負ったロケット……。

二百万人に及ぶその星の国民の願いと祈りが一心に込められたロケットが飛び立った。必要な太陽光を享受し、生物ヒエラルキーを再構築することが目的である。


――宇宙戦艦はその星の千キロ上空に留まり、メロウ星にいる女王からの指示に従い任務を遂行している。太陽光を阻害するウロコ粒子の濃度を調整し、濃くしたり薄くしたりして第三番惑星の気温を管理している。

その戦艦から、女王の寵愛を受けた二匹の竜が暗黒の宇宙空間に飛び立った。

一匹はビロードの目と背びれ、もう一匹はパープルの目と背びれ。

二匹の竜は目的を果たすため戦艦から飛び立った。しなやかで長い胴体の前部と後部にはそれぞれ太く短い手と足。ごつごつした指の先には鋭い爪が伸びている。ウロコ状の模様が全身を覆っていて、背中にはヒレが揺れ動いている。先頭を行く竜の鋭い目が、遥か彼方の宇宙空間を移動している十機のロケットを睨んだ。

スピードを一気に上げた二匹の竜は、最後尾を目指し、弧を描き飛んだ。

そして徐々に距離を——間隔を詰めた。

純白のロケットの直ぐ後方に迫った。

先頭には一機の純白のフレームが高速で移動している。その後方の二列目には二機、さらに後方の三列目には三機、四列目に四機、計十機のロケットが宇宙空間を高速で移動していた。一糸乱れぬ正確な間隔取りでトライアングルになって編隊飛行中だ。

その星の科学の粋を結集したロケット。——文字通り運命を背負ったロケット。

一見、無機質で表情のない物体だが、今や二百万人に及ぶ全国民の祈りが込められている。急激な気温の低下により日常の生活はことごとく毀損していた。暖房用の資源が住まいに供給されない。食料の備蓄が減少している中で補給ルートが分断されてしまっていて、たまに配給状況が伝えられてもその場所が遠方となると、どうしようもない。移動手段がないためだ。無理をして外出しても生きて帰宅できるのかが深刻な問題となっている。

今まで当たり前のように、当然の権利としてできていたささやかな行動まで、大きな制限として目の前に立ちはだかっていた。

以前、その星の国民の多くは宇宙開発とかロケットの性能とかはどうでも良いと考えていた。自身の生活に直結していないため身近な出来事とは考えていなかった。しかし、今は違う。食料が底をつきかけていて、飢えと寒さで自身が生死の淵に追いやられてしまっている。この事態を何としても解決し、以前の生活を取り戻したいという全身全霊の願いが十機のロケットに込められていた。

先頭のロケットに並んだパープルの竜は、そのサイズを確認し徐々に巨大化した。ロケットと同等のサイズになり、ゆるゆると接近した。機体の先端に二本の前足を掛け、身体をぐるりと巻き付けた。

ぐいぐいと締め付けた。強い力で締め付けた。

筒はグニャッと変形し、制御不能となった機体は宇宙空間の底に落ちていった。

十機のロケットは見えなくなった。国民の願いを一身に担ったその十機のロケットは、目的地に到着する前に全数が破壊されてしまった……。

それを見た女王は微笑むと霧状に見える特定物質の濃度を上げ、マゼラン銀河第三番惑星の気温をさらに十度ほど低下させた。

――氷の世界は一気に広がり、そして誰もいなくなった。

女王は次なる植民地を手に入れようと画策した……。


メロウ星から一機の調査隊が飛び立った。目的は自らが住んでいるこの星が荒涼として生活不可能な星に変貌した時に備え、移住する星を探すためである。今のところ緊急に移住する必要性に迫られているわけではないが、すでにいくつかの星を征服し支配下に置き、植民地として、移住が始まっている。女王は移住地を確保しようといくつかの星を征服した。女王が暮らすその星が今後も存続できるかどうかは女王さえもよく分からなかった。地殻変動が活発になり、いつの日か、手に負えなくなってしまってからでは遅いと女王は考え、前もって行動する必要に迫られていた。

植民地として相応しいか否かは女王が判断する。

その基準は三つ。

はじめにその星の生物を調査する。

どこにどんな生物が生息しているのか。生物の体力と能力はどの程度か、生物は何時に起きて何をするのか、その目的は何か、考え方に特徴があるのか。また、エネルギー源とその補給ルートはどのようになっているのかを、時間をかけ丁寧に把握する。

次はその星の持つ力。つまり、軍事力について調査を行う。

女王の命を受け出撃した兵隊にどんな反撃が起きるのかを想定する。どこにどんな兵器があり、その影響範囲はどの程度なのか、征服するために必要なデータを細部にわたり調査する。その星の各地区で発行されている出版物とメディアが映し出した映像から概要を把握する。膨大で小出しの情報をつなぎ合わせ全体像を把握するため、その解析については女王の持つ最新型のＡＩが活躍する。過去から現在までの軍事力の推移について詳細な解析が行われる。

いつ頃その兵器が開発され、どのように改良され進化してきたのか。また、社会においてその軍事力の及ぼす影響について、最新型のＡＩは数日中にレポートとして女王に提示した。この時、女王が質問するであろう問題点については、その対処方法まで含めてパーフェクトに分析されている。

成果品は分厚い事典ほどの厚さなのだが、女王はコーヒーを飲みながらペラペラと眺めている。飲み終えるまでにはそのすべてを理解する。

最後の調査は、環境チェック。征服後の移住地にどのような暮らしが待っているのかを予測する。これは女王自らが行う。植民地として的確か否かを調査する。

この三つのステップを経たのちの女王の下した結果に誰一人として反対する者はいない。

メロウ星の民族は集団ごとに一定の領地を持っており、その領地の中で食料を育て生活を維持している。一集団を形成しているのは一世帯十人ほどで十世帯規模、つまり、約百人で一集団である。集団の結束力は固く自立心も強い。しかし、他の集団に対しては必要以上に警戒心が強く溶け込むことができない。このため、交渉役は長老の役目となっている。

女王の住む星は月ほどの大きさを持ち、表面は一面、氷で覆われている。星の中心部ではマグマが周期的に活発化していて、地表面に噴き出している。近年の傾向として噴出するマグマの多量化が問題視されている。大規模な爆発が居住地近くで起きてしまうと、長老の命により、移住地を探す旅に出なくてはならない。噴出したマグマにより、育てている肉植物が被害を受けてしまった時には多少の食料ストックを持ち、食物育成のため、自身の生のため、新たな土地を求めて旅に出る。他の長老の治める自治区を避ける必要があるため、旅は数か月に及ぶ。その期間は長老同士の助け合いの精神で食料と居住は保障され、生活には取り立てての不自由はない。しかし、百名ほどのグループをいつまでもその地に留まらせることは、争いごとの元になる。食料のストックも無尽蔵にあるわけではない。情に頼り、その地に居続けることはできない。

かくして、長老の率いるグループは争いのない土地を求めて、また旅に出るのである。

食料自足のために、民族は肉植物を育てる必要がある。肉植物はこの星の生物の主食であり栄養源だ。

氷の上に種を蒔くと数日で成長し、十日もすれば幹は数メートルに達して枝が分かれ、その先に分厚い青色の葉をつける。その星の生物は葉をもぎ取り、表皮を剥ぎ、みずみずしく柔らかな果肉を食べている。薄甘く栄養価は高い。しかし、注意点がひとつある。幹の先端には鋭い牙を持った口があり、近寄った者を攻撃する習性がある。このため、口の中にある赤い目に見つからないように下方面から近づくことが必要なのだ。決して目を合わせない。これはこの星の生物の常識となっている。

メロウ星の絶対的な権力者である女王は、自身を支えるため組織を構築していた。直接の配下には司令長官を置いた。女王に次ぐ権力者である。専門分野についてはそれぞれ別々の組織を置いた。科学技術部長官と軍事部長官である。重大な問題が発生した場合はこの三名の長官が意見交換して方向性を決め、その後に女王に提言する。

女王の住むこの星の地殻変動が今後活発化して滅んでしまうのか、それとも現状を維持して今の暮らしが続いてゆくのかについては、はっきりとした答えが出ていない。女王が作り出した万能型ＡＩに、百年から二百年先にどうなるのかを聞いてみると「九十％の確率で存続している」

と答えが出てきている。このことから緊急に舵を切る必要に迫られているわけではないが、危惧の念を拭い去ることもできないでいる。

図らずも来るであろうその時に備えるべきと女王は考えている。

移住地候補の星の探索に出たメロウ星の調査隊は、女王の持つ二つの木箱のうちのひとつを携えて任務を遂行していた。

敵からの攻撃を受けた場合や不測の事態に陥った場合に自衛したり、敵を攻め滅ぼしたりするためにと女王が手渡した木箱だ。

木箱に住み着いている二匹の竜の能力に疑問を持つ者は誰もいない。女王の宝物であり、必要不可欠な物。厄介な争いごとも、たちどころに女王の思いのままに解決する力を持った木箱だ。しかし、その調査隊はその木箱と共に故郷の星に戻ることは叶わなかった。

全滅してしまったのだ……。

水と緑に覆われた星にその調査隊は舞い降りた。自身が暮らす星と比べ圧倒的に大きく、かつ多彩な自然があった。約一か月間の調査の結果、その星の両端部にある氷の大地は故郷の星と同様な景色が広がっていて、生活上の問題点は少ないと思われた。然しながら、中央部に高温多湿の地域が広く分布していることに不安があった。このような気候の中での暮らしには大きな苦痛を伴うため、調査隊は五段階評価の下から二番目、『移住には解決できない問題点が多々ある』の欄に丸をして女王に報告した。

ちなみに、評価書の最低評価欄には『暮らしを維持するために適当な空気の質と温度が確保されていない状況であり、さらなる悪化が顕著』と記載がある。

その星の地区別の評価書と、それに伴う実際の映像を見た女王の判断は、意外にも調査隊の評価とは異なっていた。果てしなく続く緑の大地に女王は目を奪われた。

今暮らしている星に生息している植物は一様に背が低く葉は硬い。それに引き換えその星の映像には、様々な植物が生息している。調査隊が作成した移住地評価書の内容は認めるものの、さらなる調査の実施を命じたのだった。

その期間は数か月に及び、不眠不休の調査がさらに続いた。

青い海に囲まれた弓の形をした陸地に舞い降りたその調査隊は、海岸線を低空で飛行し生物の分布を映像化していた。

ギラギラと輝く夏の太陽が機体に容赦なく照り付け、あまりの暑さにエンジンはオーバーヒートしそうになった。直射日光を避けるため、機体は樹木に覆われた岩場に移動した。外気温の低下する夕方までしばしの間ここで待機することとリーダーは命じた。横にはあまたの大木が生い茂り、無数の緑の葉が風に揺れガサガサと音を立てている。前方に広がる海の波は高く、先端は白く砕け散っていた。

どこからともなく灰色の雲が割り込んで、あたり一面に広がった。その雲は厚みを増し、ごつごつと天高く盛り上がっている。

隊員らはその光景に見とれ、この星の美しいダイナミズムに思わず引き込まれていた。真っ青な空に湧き出るフワッとした白い物体が自然発生して大きくなる様に、惑星の生物たちは気持ちが高ぶり、その光景に見入っていた。白色の塊は徐々に調査隊の待機している上空に覆いかぶさるように広がり、周辺は一気に薄暗くなった。

やがて一本のギザギザした光がピカリと上空を貫いた。その直後、光を追って大音量のゴーという音が薄ら寒い振動と共に駆け抜けた。

雨宿りしている大木が上部から真っ二つに裂け、枝の先端部は真っ赤に燃えていた。

調査隊は危険を察知し、巨大な石がそそり立っている岩場を通過し、海上に向かった。

運の悪いことに、その進行方向は雷雲の進路に一致していた。

頭上の暗闇が不穏な気配で降下し、周辺の視界は悪化した。土砂降りの雨が容赦なく襲い、近くで雷が鳴り響いた。さらに高度を下げた調査隊は、海面の直ぐ上をフワフワと進んだ。

大粒の雨の中を稲妻が走り、轟音が鳴り響く。

機内の計器はショートしメモリを指す針がぐるぐる回転している。この初めての経験にリーダーは何もできなかった。

「いったい何が起こっているのか……」

その時、暗闇の中から発せられたギザギザの光が、一瞬にして調査隊が乗った機体を貫いた。光の通過点にいた機体は真っ赤に燃え上がり爆発し粉々に砕けた。

空中分解したその破片はヒラヒラと力なく海面に向かった。

刹那、ゴーと背後から爆音が轟いた。

――何もできなかった。

乗組員が強風と豪雨に対して神経を集中していた矢先の出来事だった。何事が生じたのかを考えることなく、全員が落ちていった。

木箱も同様だった。

どこまでも続く海面の波は高く、先端は白く砕け散っていた。荒ぶる海は、ただ寒々しく黒く見えた。

――朝焼けに染まる雲が牡鹿半島の東側に薄く広がっている。

短パンとTシャツ姿の男が、藁ぞうりをはき、波打際の砂地をゆっくりと歩いていた。毎朝の日課としている散歩の時間だ。

「大地もシャワーを浴びて気持ちがいいに違いない」

中御門《なかみかど》創一は、一枚の板が海に浮かんでいるのを見つけた。

波の動きに合わせ陸地に近づいたり離れたりしながら、波の先端でピョンピョンと魚のように飛び跳ねている様を見ると、創一は引き寄せられるように足がその方向に向かった。

――木片を見たい。

見習い宮大工の本能と言ってもいい。その木片に呼び寄せられた。

静かに打ち寄せる海水が弓なりに曲がっている無垢の砂地の上を歩いた。

朝日を受けた海は穏やかにどこまでも広がっていた。

海水が膝のあたりを撫でている。手を伸ばすと、波乗りしていた板がヒョイと創一の手の平に収まった。四角い板を脇に抱え、陸地に引き返すと砂の上に立て掛け、その横で創一は胡座になった。

一瞬にして創一の背中に汗が滲んだ。板には鮮やかな赤色の竜が彫られていた。切れ長の鋭い目と口から覗く鋭利な牙。身体を覆うウロコひとつひとつが生々しく、まるで生きているように描かれているその様に大きな衝撃を受けたのだった。何かの拍子に今にもグッと飛び出してきそうなリアリティがあり、意志を持った生物に見えた。

中御門創一の足はすくんでいた。

木を思いのままに加工し、そこに魂を入れ込む宮大工にとっても、驚愕の技法に見えた。喉がゴクリと鳴り、創一の膝は震えた。このような精緻な表現ができるものなのか、という職業上の疑問よりも、ひとたび木の中の生物の機嫌を損ねた刹那、圧倒的な強い力で、命の果てまで追い詰められる、そんな気持ちになっていた。

気持ちを落ち着かせ、周辺の砂浜を眺めやると、そこには五つの板が見えた。立ち上がり、ひとつひとつを拾い集めると、すべての板には鮮やかな竜の彫りがあった。

六枚の板を脇に抱えた中御門創一は妻の志保が待つ小さな家に戻った。

居間のコーナーに大きな存在感で佇むブラウン管のテレビには、１９７０年大阪で開催された万国博覧会のアメリカ館に陳列されている『月の石』を見る人たちの長い行列が映し出されていた。中御門創一、二十五歳はその石を見たいと強く思った。異なる星の石の持つオーラは、特別な感覚を俺に与えてくれる、そんな気持ちになっていた。

その日は車で一時間ほどかかる場所にある、重要文化財の神社の改修工事の引き渡し日だ。緑豊かな田舎にあるその神社に、棟梁の愛車四トントラックの運転手として創一は付き添いするよう言われていたのだ。

完成したので引き渡しますよと住職さんとお茶を飲み、工事の目録を渡すことが目的だ。工事の残金は後日、棟梁の口座に直接振り込まれることになっている。

一連の手続きが終了すると、創一は急いで帰宅した。

——きっと、この六枚の板を組み合わせると木箱になるのだろう。

創一は組み合わせを考え、畳の上に六枚を並べた。黒地に赤の竜、黄色地に青の竜の二体が厚い木片に刻まれている。つなぎ合わせるにはどの組み合わせが良いのかを探った。青と赤の色別に、体の膨らみ加減を合わせて考えた。パズルの組み合わせだ。縦置きの一升瓶が二本入るくらいの木箱が思い浮かんだ。

縦と横の組み合わせは決まったものの、重大な問題が生じていた。組み立てる手法だ。木箱の持つ威厳、繊細で大胆な竜の模様を損なうような取り付け方は駄目だ。

見事な色彩と、細部にまで丁寧に彫り込まれた模様。

頭に浮かんだのは、木工用の接着剤で張り合わせること。しかしこれでは、へりにある竜の模様が隠れてしまい原型にはならない。

次に思い浮かんだのは『蝶番《ちょうつがい》』。箱の蓋を開閉できるようにするための金具。でも、これも違うだろうと創一は思案した。人工物の蝶番を木部にネジでとめることには抵抗があった。芸術品にネジを立てることはどう考えても……この木箱に合わないと考えたのだ。この木箱から漂う神秘的な尊さが創一にそう思わせていた。

宮大工の見習いはこの木箱にあったつなぎ方を考えた。

同じサイズの板が二枚ずつ三セット。上下と左右の計六枚の板がある。二枚の木片を創一は両手に持ち、ミリ単位に上下させた。

——どんなつなぎ方が良いのだろうか。

そう思いゆっくりと板を移動させた。何度か繰り返していると、ググッと痺れるような強い振動が指先に伝わり、両手に持っていた二枚の板は胡座の姿勢の膝の上にスッと落ちた。創一はジンジンしている両手を見つめ浅い呼吸をした。いったい何が起きたのか。目を下に向けるとそこには一辺が密着してL型になった木片があった。拾い上げて、端部を持ち上下左右に引っ張ってみたがびくともしない。強力な力で結びついていた。どうして密着したのか創一には分からなかったが、二枚の板はしっかりと結びついていた。

次に、横に置いていたもう一枚を手に取ると、密着した二枚の縁に合わせ少しずつ移動させた。ビビッと強い振動が再び手に残ると、その板は密着していた。創一は上下左右に場所を変えて強い力で引っ張ってみたが、びくともしない。

三枚の板がピタリとはまった。

なぜ密着したのか、しかも強力な力で……。

創一は胸騒ぎを抑えることができなかった。目の前の出来事が信じられなかった。

まるで、その場所が木片の定位置であるかのようにしっかり結びついている。意思を持ち固く結ばれている。赤い竜の身体は艶のある曲線でつながった。

木箱を作る手助けをしているに過ぎないと創一は思った。

――神秘的で崇高な木箱をあるべき姿に戻したい。

創一は呼吸を整え、四枚目の木片を手に持ち竜のラインにすり合わせた。すると、ビビビッと強い振動を発して密着した。

六枚の板が強固に結びつき、木箱が完成した。

見事な色彩と細部にわたり丁寧に彫り込まれた木箱の中の二匹の竜は、今にも動き出しそうに見えた。振動が手に残り創一の両手はジンジン痺れていたが、心は木箱に釘付けになっていた。

こんなに素晴らしい彫り物をいつの日か俺も作りたい、繊細で大胆なこの技法を習得したいという気持ちでいっぱいになった。

赤い竜の口がわずかに開き、刃物のような牙がきらりと光った。

木面の半分ほどは焼け焦げていた。頭の一部分と胸の周辺は炭になって欠け落ち、胴体から下部に続く手足も所々が欠けている。しかし、背筋から尾の先端までは綺麗なグラデーションの曲線でウロコがきらきらと輝いている。生きているのではないかと思えるような見事な色調だ。

創一はこの木面の修復を何としても成し遂げなくてはならないと考えた。宮大工のはしくれとして使命感に駆られていた。

――この木箱を直したい。いつの日か俺が必ず完成させる。

面倒見が良く、ブツブツ独り言の多い棟梁には相談しないと決めた。たとえ、相談したところで、その技法がこの木箱に合っているのかは分からない。いつか修復する方法を自身が見つけて、木箱を元の姿に戻す。

創一は胸の中で何度も繰り返した。いつの日か必ず修復してみせると。

庭で洗濯物を取り込んでいた妻の志保が乾いた下着を両腕に抱えてやって来た。

「この風呂敷見てよ。物干し竿に引っかかってたの。木箱を包むのにどう？」

手の中には紫紺の厚手の風呂敷があった。畳の上に風呂敷を広げ木箱をその中心に置く。風に舞いどこからともなくやって来て、物干し竿に絡まっていた風呂敷は木箱にぴったりとはまった。

宮大工を志した創一は三十歳前に独立し、棟梁になった。

幼少期、毎日鉄拳が飛び、激しい言葉を浴びせる厳しい父親のいる家族の中で育った。姉と妹の三人兄弟だ。姉と妹を溺愛し、男の創一には厳しい父親に反抗し、独り立ちするのに良い飯のタネと考え職業を選択した。それは偶然の選択でなく、なるべくしてなったと創一は考えている。

十七歳の時、家の隣の神社が屋根の改修工事をしていた。朝寝を決め込んでいたその日も木槌の音がトントンと朝から聞こえ、朝寝ができなかった。

——うるさいんだよ。寝てられない。

創一は目を吊上げ、寝間着のままで工事中の神社に向かった。棟梁に向かい文句を言った。

「そうかい、わるかったね。もう少しで終わるからちょっと我慢してくれないかな」

十時の休憩時間だったこともあり、創一の前に皿に乗った美味しそうなお饅頭がひとつ差し出された。湯呑には色の濃いお茶があった。創一の喉がゴクリと鳴った。見たことのない美味しそうな饅頭。

直ぐに右手が向かった。

棟梁の口が大きく開いた。

「ハッハッハッ。美味しいだろう。明日も来なさい。そうすればもっと美味しいお饅頭を持ってきてあげる」

次の日、創一は木陰に隠れ棟梁を見ていた。

「美味しいな、この饅頭」

大きな声で棟梁は言った。

「そんな所に隠れていないで、こっちにおいで」

創一はその日に家出した。

大工の棟梁の家に転がり込んだ。

棟梁の家ではリウマチを患っている奥様が家事を一手に引き受けていたこともあり、家事や力仕事をこなせる創一を温かく迎え入れた。技を惜しみなく伝授する棟梁は、日常のさりげない気遣いもあり、創一はワクワクして棟梁の一番弟子を目指した。何より、創一のできることとできないことの境目を把握して、仕事を振ってくれることが嬉しかった。

頭ごなしに命令する父と比べ、和やかで洞察力のある棟梁を尊敬していた。まさに師匠であった。棟梁との生活は前向きに人生を考え始めた創一のかけがえのない助けとなっていた。うるさい父親から独立し、気遣いのある平穏な生活を希望した。親身になってくれる棟梁の自宅に住み着き腕を磨いた。

手先が器用なのは生まれつきで、その才能を発揮できると考えて選択した職業だ。自身では気が付かなかったのだが、創一にはもうひとつ才能があった。それは会話能力だ。小さい頃から厳しく、自分勝手な父親と同居していたからか、人の言っていることの本心が分かるのだ。才能というより小さい頃から育った環境のせいなのかもしれない。本心が分かると、その対応についてへまするこどもない。この特技によって、若くして宮大工の棟梁になったと言っていい。

その特技に乗せられた志保は創一と結婚した。

創一夫妻には娘二人と、末っ子の遼がいる。

志保にとって後悔の種はいくつかあった。然しながら温厚な自身の性格と先読みに長けた創一の性格で、諍いの種が膨らみ果実を作ることはなかった。

とは言え志保は創一のこの一点は何とかしてほしい——これだけは直してほしいと藁にもすがる思いがあった。

それは施主様に届ける見積書のことだ。

「おかしなことが起きた。工事が赤字になっている。変だ」

それは若かりし創一の一言から始まった。棟梁のしでかした計算間違いのため、一緒に働いている大工さんに支払うお金がなくなってしまった。タンスの奥からすべてのお金を引き出しても足りない。その時は出世払いとして事なきを得たが、それからというもの、創一が作成した『見積書』を志保は必ず見直して書き直している。

「今度は完璧だ」

自信たっぷりの創一が見せたそれは、桁が違っていた。

ゴクリと生唾を呑み込むと志保は丁寧に説明した。

「分かったよ」と言っていたが、創一の頭の中には入っていないようだった。

今までの竣工した仕事においても赤字が多かった。創一が枕元に置いていた封筒の中にある過去の見積書を確認すると、志保は目が眩んだ。

「天才にも苦手なことはある」

怒っている創一を横に見て志保は肩を落とした。

――どうやら創一は数字を記号と考えているふしがある。おおよその感覚でこのくらいの黒字になりそうと考えないのだ。便利な機械と言って平たいボードにある数字を指で押し、出た数字が結論なのだ。そのまま信用してしまう。打ち間違いとか、確認のための再計算はせずに、出てきた数字を信じて疑わないのだ。

赤字が続き、中御門家の夕食のおかずはメザシと漬物のどちらかひとつ。みそ汁がつく日は、創一は朝からワクワクしていた。そんな時期があった。

しかし、悪いことばかりではない。

――仕事の腕は折り紙付きで値引きの王様。寺院仏閣を補修する施主様たちの間では、そんな噂が立っていた。知る人ぞ知る宮大工。

腕が良い上に破格の値段。その結果、受注量はウナギ登り。創一の休みは正月とお盆の数日だけで忙しい毎日だった。そんなこともあり、決して裕福な家庭ではなかったが、家計は志保のコントロールにより回復した。

「俺が休みなく働いているから、お前たちは好きなことができるんだ。俺に感謝しなさい」

家庭の中をこの決めゼリフが日常的に舞っていた。志保はいつもうんうんと受け流していて、前に出るような発言はしなかった。

息子の遼は子供ながらに、父の創一が得ている信用は、母親の志保の支えがあってこそなのだと冷静に見ていた。夜遅くに見積書を見ている母親は、「また、違ってる」と不平を言いながらも、筆跡に注意しながら書き換えている。

「あたまでは、まつりばやしが、なりひびく」と、志保は静かに遼に語りかけた。

日曜日も休んだことがない創一は、週末になると、ちょくちょく遼を仕事場に連れ出していた。一緒に手伝ってくれる大工さんはお休みでも、棟梁は働いている。

父の職場には加工された木材が沢山並んで置かれている。寺院の傷んでいる屋根を補修するための物。遼はその木材の端部を持ち上げたことがあった。理由はなくその重さを見てみようくらいの感覚だった。それを見た創一は「木が伸びしてる！」と目を丸くして感動していた。その顔を見た遼は、よしっと屈伸を何度も繰り返した。父をもっと喜ばしてやろう。何が嬉しいのか分からないが、遼はひたすら行動した。普段、仕事場で感情を表に出さない父が、「お、お、お」と、目を開けている。

「そこで止まってくれ」「少し上に持ち上げてくれ」「上げ過ぎだ、このくらい下げて」と指でサイズ感を表している。

遼は何が何だか分からない中、その指令に従った。重さに耐えかね膝はがくがくと揺れ、腕はぷるぷると震えた。遼は父のため、頑張った。

――父の仕事に役立っている。

父との一体感がじわじわと胸の中から湧き出てきた。ほめられたことも何度もあり、遼は週末が待ち遠しくなっていた。

暇な時は両端を腰高の台で支えられている加工済みの木材の上にぴょんと飛び乗り、十センチほどの幅でバランスを取ったり、ハードルに見立て何度もジャンプしたりして遊んだ。

創一はその姿を見てにっこりしていた。

「志保がいるから俺は好きな仕事が続けられる」

「昨日の夕飯は美味しかった」

「志保には感謝しかない」

背後から声がした。念仏を唱えているようだった。深呼吸と共に胸の奥から出てくる迷いない真実の思いだ。

それを聞いた遼は子供ながらにこんなことを思った。

――父の週末の出勤は息子とのコミュニケーションのためだけでなく、父が家にいることで母に余計な気遣いを与えないようにしているのかもしれない……。

胸に熱いものが込み上げた。男同士の団結の瞬間だった。

２章　共同生活者たち

木造アパートの一階。小さなテーブルには椅子が四脚。家族全員で食べる夕食は一日の大切な時間だ。大型の壁掛けタイプの薄型テレビのスイッチを入れた。夕方の情報番組のアナウンサーの清純な声が聞こえている。

早番勤務、定時の午後六時に退社した安田翔太はキッチンに立って料理中。近くのスーパーで購入した食材、鶏の胸肉が入った透明のプラスチックパックを眺め、熱の通り具合を見ている。

「そろそろ良さそうだよ」

そう言うと、大きな瞳で二匹の共同生活者の顔を見た。

チワワのガッキー君と柴犬のグッキー君は「良い匂い。お腹が減った」と、二重唱。後ろ足をたたみ、お尻を床に着けたグッキー君の背筋は一直線に伸び、尻尾が大きく揺れている。大きく見開いた瞳が大好きな食べ物に向かっている。舌が顎の周りを行ったり来たり何度も往復中、よだれがポツンと落下した。

──美味しそう。

ガッキー君は部屋に充満している甘い匂いに気持ちが高ぶり、嬉しくてどうしようもないようで、宙返りを何度も繰り返している。

「待ちきれないよ。早くして！」

「あとちょっとだよ」

まな板の真ん中に肉の塊を置き、翔太はチラリと横目で二匹を観察した。体内にワクワク感が充満した。

ブロッコリーと大根の茹で野菜とスープを添えて夕食が完成した。

ダイニングテーブルの真ん中にはメインディッシュが大皿に盛り付けられて存在感を放っている。

ジェット機が滑走路をパワフルに加速している。離陸の瞬間だ。二匹の共同生活者はキッチン横から加速し、テーブル脇の椅子に向かってジャンプ。前足を胸に包み、力強く蹴り上げた後ろ足は、くの字に引き戻されて宙を一回転。

二匹はスポリと座席に着いた。

シンクロした二匹の動作は、ストップモーションの動画に見えた。

ピタリと息の合った二匹の身のこなしに、改めて翔太の胸に熱いものが込み上げた。

翔太の横にはマヨネーズと調味料の塩コショウが置かれている。二匹と一人、中皿に取り分け用意が整った。

チワワのガッキー君の小さなお口は、お皿の上の鶏の胸肉に向かった。座面の高い椅子に座り、前足二本をテーブルの縁に置くと後ろ足を伸ばした。顔がスープの上のお肉に重なった。噛み切ろうと奥歯にはさんだ瞬間「カッ。ゴホゴホ」とむせ出した。

匂いにつられて少し急いでいたため、野菜から染み出した水分が鼻腔を通り喉の奥に吸い込まれてしまった。

誰もいない宙に向けて何度もゴホゴホと咳をしている。

「ガッキー。マナー違反だよ」

左右の手にフォークとナイフを持ち、冷静な態度で鶏肉を一口サイズに切り分けている柴犬のグッキー君は、横の椅子から窘《たしな》めた。

「僕らはドッグだ。鼻が口の直ぐ上にあるから、水分の多い料理の時には注意が必要だ」

フォークを左手に持ったグッキー君はカットされた胸肉を奥歯に押し込んでいる。数回もぐもぐしゴクリと呑み込んだ。

「美味しい。翔太ご主人の作る料理には愛情が込められている。脂の少ない胸肉と柔らかな茹で立ての大根。レタスは新鮮でパリパリして食感は最高」

そう言ってグッキー君は翔太の横にあるマヨネーズをつかみ取ると、鶏肉の上にたっぷりと敷きつめた。

「ありがとう。そう言ってもらえると作り甲斐があるよ」

キッチンに近い椅子に着席中の翔太はフッと微笑んだ。マヨネーズはかけすぎだよと言いたいが、それぞれの味覚を優先している。

ガッキー君はジロリと横のグッキー君を見つめてから、お皿の脇にあるナイフとフォークを手に取った。

「ドッグはドッグらしく食べたいとは思わないのか？　人間が使っている扱いづらい物を両手に持って食べるのは苦手だよ」

ナイフとフォークを十字に合わせ、カチャカチャと小さな音を立てたガッキー君は不満顔。

「郷に入れば郷に従え。人間界にある格言だ。ドッグの世の中とは異なる習慣でも、ご主人の翔太に合わせた方が良いということだ。テーブルに三人並んで顔を合わせて食べていると、何だか楽しくなるよ」

そう言うとグッキー君は、マヨネーズがたっぷりと乗っかった胸肉をまたフォークで奥歯にグイと運んだ。

「分かったような口をきくな！　僕らはドッグだ。ドッグの誇りはないのか」

ガッキー君の鼻息は荒い。

「テーブルを囲んで食べる夕食が俺の理想なんだよ」

少し不満顔のガッキー君を見つめ翔太は言った。二匹と一人。三人そろって食べる夕食は大切な時間。脂の少ない鶏の胸肉は犬にとって健康食と信じている。ネットを駆使して調べた調理法だ。

木造二階建ての古いアパート。一階に五世帯、二階も五世帯、全十世帯が暮らしている。現在満室状態だ。『琥珀荘』築五十年ほど。このアパートの敷地の周りは椿やツツジで区画されているため季節感が味わえて安田翔太、三十五歳はお気に入りだ。市道に面した一階に翔太とガッキー君、グッキー君の住む部屋がある。

一階の部屋の南側には住戸毎に腰高の柵があり、奥行き三メートルほどの専用庭がある。ここはペットと日光浴をする場所。天気の良い休日は、二匹と一人でブランチを楽しむ場所。その隣戸境の柵は錆びて所々変色している。二階に続く外階段の鉄部の塗装にも少し錆が浮き出ている所がある。年季の漂っている建物なのだが、住人は誰も文句は言わない。最寄り駅から遠いこともあり、家賃が低く設定されているためだ。

この家賃なら錆くらいはどうでも良い、と思っているのだろう。しかし、大家さんは几帳面な方のようで、敷地内の通路脇の雑草を小まめに抜き取ったり、毎朝ほうきで共用廊下を掃除する音がサッサッと聞こえたりしている。

敷地の周辺には新築の戸建て住宅が並んでいる。前面道路の向かい側には畑が広がっていて、小川もあるのどかな場所。

アパートの敷地の入り口には手書きの看板がある。

『ペットがいます。ご注意ください。外部者が怪我を負われても当方は責任を持ちませんので』厚手のベニヤ板に墨で書かれた看板がネットフェンスに立て掛けられている。これはペット愛好家の大家さんが書いたものだ。入居時の契約書には『ペットの飼育に際しては、常識の範囲内でお願いします』とだけあった。

十世帯が住んでいて、どの部屋にも犬か猫がいる。そのため多少の鳴き声はお互い様。文句や不平を言う人はいない。休日の朝はペットを脇に抱えた住人の挨拶する声が目覚ましとなっている。

「小太郎君、散歩が嬉しそうですね」

「こんにちは。マリアンちゃん」

そんな声が外廊下から聞こえてくると、チワワのガッキー君の垂れた左右の耳がアンテナとなってピクリと動き出す。くりくりした瞳が開き、首筋がピンと立ち上がる。その後ベッドで睡眠中の翔太の寝顔を観察している。掛け布団をシェアしているため、相手の動きには敏感なのだ。

——ワウー。ガッキー君の口ごもった掛け声で、翔太はそろそろ起きようと踏ん切りをつける。

休日の朝はペットとの散歩と食事が重要なルーティーンとなっていて、たっぷりと時間をかけている。その後は何をするでもなく、翔太はアパートでペット二匹と過ごしている。目的もなく、だらだらと時間を過ごしている。しかしその時間は宝物なのだ。一緒にいることが楽しい。ショッピングや食べ歩きなどには興味はない。取り立てて欲しいものはないし、食べたいものは自分で何でも作れる。高価な食材にはあまり興味がない。

何を考えているのかな？　など二匹と過ごす時間が何よりも楽しみなのだ。

ガッキー君の趣味は睡眠だ。朝食と散歩が終わると眠り、昼の軽食の後も直ぐに目を閉じる。午後の外出時に声を掛けると機嫌が良いと付き合ってくれるのだが、機嫌が悪かったり寝不足気味だったりすると「おいらは寝ている」と断りの決意表明もある。我が道を行くタイプだ。

ふくよかなガッキー君に散歩させようとしても翔太の思い通りにはならない。しかし、ガッキー君の寝姿は何度見ても見飽きることはないと翔太は断言できる。かわいい寝顔には人を引き付けて止まない力がある。その力は強力で影響範囲に入ってしまうと催眠術にかけられ、自分の意志ではとても抜け出せない。言ってみれば、魔法によって体が動き出し、傍らに吸い寄せられてしまう。鼻と鼻が触れ合うほどの距離に誘導されると、魅力溢れる閉じた瞳が前に見える。息を潜めじっと見つめる。愛らしい寝顔は翔太の持つ少しの悩みをすべて吸い上げ、遠くの場所に追いやってくれる。哀愁に満ち溢れるその寝顔はまさに神聖で不可侵の領域だ。

〝キュン・キュン〟とか〝ブイー・ブイー〟など多彩な寝息の音と、〝キン・キン〟とか〝ピオ・ピオ〟など夢の中の楽しそうな寝言。それらは御言葉となって翔太を魅了する。決して褒められた趣味ではないと自覚しているし、もし誰かに見られでもしたら、きっと顔から火が出る思いになるに違いない。しかし翔太にとって大切な価値ある時間なのだ。

かたや、グッキー君の習わしはお祈り。厚手のフリースを敷きその上にお座りして、頭部に白のハチマキを巻き、両手を合わせるのだ。自身の都合に合わせ、暇な時にお祈りをしている。一階のアパートの居間のサッシを開けて、サラサラと流れる小川の水の音を聞きながら必死に手を合わせている。それを見ている翔太は、くだらんと言って「やめたら」と説得しようとしたのだが、グッキー君の決意は固く休日の習慣になっている。暑い夏でも寒い冬でも、周りに気遣いなくサッシを開放し手を合わせている。

お祈りをする理由……。

翔太らが住んでいた星は、地球に似ているが動物に特別な能力が与えられた星だ。グッキー君は小型宇宙船に変身するための〝長文の呪文〟を必死に思い出そうとしているのだ。故郷の星に帰るために思い出そうとしている。しかし、二十有余年経過した今でも成果はない。

その昔……宇宙観光中に青く輝く綺麗な星を見つけた。その星が発する異彩を放つ神秘的なオーラに、二匹と一人の心はジンジンと痺れてしまった。

――何という美しさだろう。

地上すれすれに飛行していた翔太とガッキー君を乗せたグッキー君の小型宇宙船はリンゴの木にぶつかってしまい、枝に絡まれて動けなくなってしまった。その後、グッキー君は犬に戻ったがリンゴの木にぶつかった衝撃により、小型宇宙船に変わるための〝長文の呪文〟を忘れてしまった。

しかし、その後の二匹と一人の生活にはなんら不自由はない。当初はどのような敵が潜んでいるやもしれぬと恐る恐る生活していたが、慣れてみると、この地球と呼ばれる星の生活は二匹と一人にとって楽しく快適で何も不自由がない。このため宇宙船に乗って故郷の星に帰還する必要はないと強く思うようになった。今の生活が何より楽しいのだ。

チワワに見えるガッキー君は〝動物〟に変わることができ、柴犬に見えるグッキー君は〝静物〟に変わることができる。のみとかサングラスとかに変わり翔太と行動を共にしている。見るものは刺激的で食事も美味しい。二匹の共同生活者もこのままで良いと思っているのだが……グッキー君は、忘れてしまった罪悪感が胸の奥に残っている。


ある日の夕方、そのタクシーは調布駅のロータリーに到着した。小雨の降り出した駅前広場には、先を急ぐスーツ姿の人が見えた。

後部座席には七十前後と思われる老夫婦がいた。

「さあ、着きましたよ、おじいさん。足元に気を付けてくださいね」

後ろの席から声がした。そう言うと奥様は先回りして旦那様が降車するドアの横に傘を持ち、おじいさんが降りてくるのを待ち構えている。

「大丈夫だ。俺はちゃんとしている」

キャップの横から白髪が風になびいているおじいさんは注意されたことに苛立ったようで、大きな声を出した。ゆっくりとした動作で両手を使いながら下車した。

ドライバーの翔太はハンドルの横にあるレバーを押し、後部のトランクのロックを解除して外に出た。そこには夫婦の荷物が沢山あった。

小さな紙袋二つをご主人に手渡し、残りの荷物を取り出してニコニコしている奥様に手渡した。

「ありがとうございました」

そう言って二人は広場を横切り駅の改札に向かった。

杖をつき右足を庇いながら歩くご主人に合わせ、奥様もゆっくりと歩いている。

「ご利用ありがとうございました。お気を付けて行ってらっしゃい」

その後ろ姿に翔太は元気良く声を掛けた。

二人は下りのエスカレーターに消えた。運転席に戻った翔太は深呼吸をした。本日の業務が終了した。

営業所に戻り退勤の準備を終えると、その足で通用口から裏の路地に向かう。そして、あたりを見回し誰もいないことを確認すると、黒縁のメガネを外し、フレームをたたんで呼びかけた。

「グッキー姿を見せろ」

そのメガネは翔太の手の平からぴょんと飛び跳ね、宙を三回転ほどしてボンと小さな音を立てて茶色の柴犬になると、二本の前足を宙に投げ出し放物線を描き降下した。次に翔太の髪の中から米粒ほどの小さな物体が宙に向かい飛び出すと、微音を発したガッキー君もチワワになってグッキー君を追って降下した。着地した二匹はワンワンと大きな声を上げてそれぞれの速さで駆け回っている。

小さなガッキー君はでんと構えゆったりとした走りを見せるグッキー君に体当たりしたり背中に飛び乗ったりしながら進んだ。翔太は微笑みを浮かべてその光景をずっと眺めている。やがて、ハッハッと息を切らした二匹は澄み切った瞳で整列し、翔太に向かい口角を上げた。

「家に帰ろう」

そう言って翔太はパートナー二匹を連れてマイ・タクシーに戻り、『回送中』の表示を車内に立て、ハンドルを握った。

国道を進み脇道に逸れると瀟洒な佇まいの戸建住宅が並んでいる。さらに進むと車道は狭くなり、両側に田んぼと畑の風景が現れた。カエルの合唱が元気良く聞こえている。突き当りにある屋根付きの駐車場に到着した。この駐車場は翔太の住むアパートの前方にあり、オーナーさんが建物と一緒に経営している。

夕闇が周辺を覆い始めている。

翔太は車のトランクを開け、私物のリュックを取り出そうとした。その時、脇に厚手の風呂敷に包まれた物体があるのに気が付いた。

「お客様の忘れ物？」

翔太は不安になった。さっき営業所を退所する時に、お客様の落とし物の連絡はなかった。翔太の勤務しているタクシー会社はお客様の忘れ物があった場合は、即座に連絡網が回り、各営業所に問い合わせが入る仕組みになっている。

「何か大切な物のはずだ」

厚手の生地の包みを翔太は眺めた。

その紫紺の風呂敷包みを両手で抱え、後部座席に置いた。

室内灯を照らし風呂敷の上から叩いてみるとコンコンと木箱のような音がした。風呂敷の結び目を開放し、丁寧に折られている布を左右に開くと木箱が現れた。一升瓶が二本ほど入りそうなサイズ。どっしりとした質感で、表面にはそれぞれに赤、青、黄などの原色が絡み合った模様が見える。

全面に竜の彫り物が見えた。黒みがかった赤色の竜と、濃い青色の竜。翔太は木箱に彫られた竜に見つめられている感覚になり、背筋がこわばった。ガッキー君とグッキー君は後ずさりした。

翔太はそっと蓋を開けた。

「空っぽだよ！」

車内の照度は十分ではなかったが空かどうかくらいは分かる。上から見ると確かに何も入っていない。翔太は少しがっかりしたような口調で横にいる二匹のペットに向かって再度ささやいた。

「何だよ——空じゃん」

箱の中にそっと右手を差し入れた。箱の側面にはザラザラとした感触がある。何かの彫り物らしいがよく分からない。八十センチほどの深さの底に達したはずの右手には何の感触もなく、翔太の右手は下方にどこまでも進んだ。右肩が箱の縁に触れるまで進むと心臓がドキッとした。右手の先端は明らかに木箱を通り抜け、後部座席のシートを突き抜けているはずなのだが、手には何の感触もない。翔太は一気に腕を戻した。ドンと大きな音がした。

「イタッ」

焦って引き抜いたために手が車内の天井に打ち付けられて、ジンジンとした痛みが残った。

「これは底なしの木箱！」

気味が悪くなった翔太は、ガタンと後部座席のドアを勢い良く閉じた。はあはあと息が荒い。

「大丈夫かい？」

青ざめた顔の翔太に向かいガッキー君はささやいた。

翔太はゴクリとして言った。

「こんな気味の悪い物が、なぜトランクの中にあったのだろう。きっと今日のタクシー利用者さんの誰かが忘れていった物だ。営業所の落とし物係に問い合わせてみよう」

その目の前を何かがヒラヒラと舞った。宛先のないただの封筒。

中には几帳面に折られた手紙があった。柔らかな字体、筆で書かれていた。

『この箱をお持ちの方へ。

――この箱には人類の未来すら変えてしまうほどの大きな力があります。その使い方を間違えてはなりません――さらに、捨てたり、他の者へ渡したりは厳禁です』

「――なんだ。これ」

翔太は首を捻った。

駐車場の街灯に照らされた封筒の表と裏を見つめた。宛先のないただの封筒だ。気持ちを落ち着かせるために深く息を吸った。ゆっくりと息を吐くと同時に車内を見ると、シートやハンドル、ガラス面にうっすらと白く、霜が張り付いていた。

翔太は助手席に置いてある私物を取り出すためにドアレバーに手を掛け、扉を開こうとした。

しかし鍵がかかったように開かない。鉄部が密着しているようだった。片足をボディに立て掛けてハンカチを介して両手でドアレバーをエイッと引くと、グシャとした音と共に扉が開いた。ドアのフレームは白く凍りつき、室内は冷気で充満していた。

翔太は腰を折り、後部座席にある木箱の蓋を急いで閉じ、その後、風呂敷で隅をきちんと折り木箱を包んだ。

ゴクリ。翔太は生唾を呑み込んだ。いったい何が起きたのだろう。

グッキー君は前方のボンネットの上にピョンと飛び乗ると、何かをチェックするようにゆっくりとした足取りでテクテクと歩いている。

「車体がかなり冷えている。きっとその木箱から発散された冷気が原因だよ」

車内のアナログの温度計の針は最低温度を指していた。ハンドル、シート、運転席前面の計器盤には一面に霜が張り付いている。

「一瞬にして冷却されたってことだよ」

そう言ってガッキー君は風呂敷に包まれた木箱を見つめた。

アパートの玄関扉を開け、無言の二匹と一人は室内に入った。

「この木箱は明日、営業所の落とし物保管庫に入れておく」

十畳ほどの居間のテーブルの上にポツリと置かれている木箱を見た翔太は首を捻った。

「どこからかやって来た手紙には、他の者に渡してはなりませんとあった。翔太がこの部屋に保管しておくべきだ」

チワワのガッキー君は真剣な表情だ。

「ちょっと待ってくれ。俺には何の関係もない！　誰かが忘れていった気味の悪い木箱を俺が保管する義務はない」

翔太は声を荒げた。

「そもそも木箱にどんな力があるのだろうか？　人類の未来すら変えてしまうほどの力だと手紙にあった」

柴犬のグッキー君は首を傾けた。

居間の真ん中に置かれた不思議な包みに、二匹と一人の視線が集まった。

「今、分かっていることは、この木箱には底がないこと。周辺を一気に冷やす冷却装置みたいなもの。この二点だ」

不吉な箱を見ながら落ち着かない気分の翔太が言い切った。

「底のない木箱なんておかしいよ。僕が内視鏡になって調査してみようか」

静物変身が得意なグッキー君は恐る恐る提案した。

「いや、今はやめておこう。木箱にどんな力が備わっているのかはっきりしない段階で軽はずみな行動をして、もし、グッキーに何かあったら大変だ」

そう言って翔太はグッキー君の背中をそっと撫でた。

頷いたグッキー君は、床に置かれた風呂敷包みの周りをのそのそと歩いている。クンクンと鼻を持ち上げて話し出した。

「この風呂敷は木箱の持つエネルギーを包み込んでいる。木箱からは微かな息遣いが聞こえている」

ゴクリと翔太の喉が鳴った。

「不気味な木箱だ。誰が俺のタクシーに忘れたのか」

今日、乗車したお客さんの顔を一人ひとり翔太は思い浮かべた。心当たりがあるのは最後に乗車した老夫婦だ。多摩川沿いにある高齢者ホームから送迎依頼があり、お迎えに行った。

トランクを開き、翔太はすべての荷物を入れた。

調布駅南口のロータリーで降車した時、トランクの荷物はすべてお渡ししたはずだ。でもあの時、確認が不足していたのかもしれない。運賃を頂いた後、トランクにあった荷物はすべてお渡ししたはずだ。もし、足りていないのなら、お客様側が催促するはずだ。でも、お二人は何も言わずに駅前広場を進んでいった。

……室内ミラー越しの二人に変わったところはなかった。目鼻立ちの整った顔立ちの奥様は、ドライバーの翔太にも話を向けてくれ、気遣いのある方だった。

――ご夫婦は中御門さんといって、牡鹿半島の町で生まれ育ち、四十年ほど前に八王子市に移ったらしい。最近、七十過ぎの旦那さんに認知の症状が現れて、奥様一人での介護は難しいとのことで、高齢者ホームに入居していたのだが、旦那様が実家に帰りたい思いが強く、奥様は仕方なく帰ることになったと言っていた。一か月ほど前に入居してからというもの、旦那様は思うように生活ができないことに苛立っていたようで、ことあるごとに不満を口にしていたそうだ。

毎日、何度も繰り返していた。

「俺は何でもできる。こんな所にいたくない」

「早く家に帰ろう。やらねばならないことが沢山ある」

「どうしても帰りたい」

同じ調子で、真顔でこのセリフを繰り返す。

その度に、奥様は優しく返していた。二人では生活ができないこと、介護士さんにお願いしなければならないことが沢山あることを説明したのだが……。

先日、一人で脱走を試みたらしい。旦那様は宮大工の棟梁だったためか、サッシの外側にある防犯用のアルミ製の窓格子をプラスチック製の靴べらの先端で取り外して、そこから出て行きそうになった。施設の方が三人がかりで止めたとのことで、これ以上迷惑をかけてしまうのは忍びないと思い至り、奥様は泣く泣く実家に戻る決心をした。しかし、これから先を思うと、とても不安な気持ちなのよ、と言っていた。

このご夫婦の関係は、長い年月を経て築いてきたものであることは三十分程度の会話を聞いていた翔太にもひしひしと伝わった。奥様は物忘れが多くなってしまったご主人の行動に対して、二本の時間軸を持っているようだ。少し先に何が起こるのか、さらにその先に何が起こるのかを瞬時に発想していた。タクシーの中で二人の会話を聞いていたドライバーの翔太はそのように思った。当たり前にある身の回りの出来事に対して常に二つの軸があるように感じた。たとえば、排尿と排便あるいは食事についてである。時間軸が二本あるために、パニックにならないのだ。常に冷静で思いやりのある言葉が出てきている。

ただ一つ引っかかったのは、二人が高校時代の同級生、中御門遼君のご両親だったということだ。特別仲が良かったわけではないが、クラスの人気者だった遼君のことを、翔太はよく覚えていた。珍しい苗字だったのでもしやと思い聞いてみたら、ビンゴだった。単なる偶然と言われればそれまでだが、何かを暗示しているような気もする。

3章……繭

翔太は居間の真ん中に置いてある風呂敷包みの木箱を手に持ち、玄関のたたきに運び、居間側のドアをガタンと閉めた。

そのドアの中央部は縦長のガラス張り。

「目障りな木箱はこの部屋にはない。夕食の準備をするよ」

翔太は元気よく二匹のペットに声を掛けたが気持ちはどんよりと湿ったままだ。

いつものように夕食の用意が始まった。

片栗粉と小麦粉を混ぜてから肉にまぶしフライパンで炒めた。冷蔵庫からビールを取り出すと立ったまま一気に飲み干した。

テーブルに着いた二匹と一人はいつものように食べ始めたが会話はなかった。

ガラス戸越しに見える玄関の木箱が気になっている。

「動いた！」

ガッキー君が大きな声を出した。

アッという間にテーブルの下に避難した翔太とグッキー君の視線は直ぐに木箱に向かった。極度の緊張から手が震えてしまい、両手に持ったフォークとナイフが接触しカチカチと音を立てている。

「冗談だよ」と、ガッキー君は微笑んだ。

テーブルの下に避難していた住人たちは、ドアのガラス越しに見える木箱を覗いた。じっと見つめ変化がないことを確かめると二人は、そろりと元の位置に着いた。

「冗談はやめて！」

ただでさえ不安な気持ちに苛まれているところに切り込まれたグッキー君の鼻息は荒い。

「風呂敷に包まれているから——木箱がトラブルを引き起こすことはない」

翔太も自分に言い聞かせた。きっと、大丈夫だ。不安な気持ちを何とか抑えた。

ガッキー君とグッキー君は居間の絨毯の上で丸くなり目を閉じた。

午前二時を過ぎた頃。二匹の犬たちは不思議な音を聞き、目を覚ました。

「グッキー起きてくれ。シューシューと甲高い音が聞こえている。窓の外からだ」

そう言うとガッキー君は居間のカーテンの隅をそっと持ち上げた。

ゴクリと喉から音がした。

グッキー君も横からやって来た。

「……何かが宙に浮いている」

街路灯に薄暗く照らされている駐車場には数十台の車がひっそりと佇んでいた。翔太のタクシーの横に車体と同じくらいの大きさの白く発光した繭のような物体がフワリと宙に浮かんでいる。その周辺には白く蒸気が立ち込めて、シューと静かな音が聞こえている。

二匹の犬たちは固唾を呑んだ。

「なんだ。あれは」

ガッキー君はささやいた。

「タクシー泥棒とは違うようだ。翔太ご主人を呼んでくる」

グッキー君は冷静だ。そう言って、襖の向こう側のベッドにピョンと飛び乗ると、前足の肉球で翔太の頬を優しく撫でた。

両手で目を擦りながらゆっくりとした動作で翔太は起き上がると、グッキー君が指さしている方向を見た。

「SF映画のひとコマを撮影中なのか？　繭が浮いている」

二十メートルほど先にある翔太のタクシーの前には水蒸気が一面に立ち昇って、その中に車と同じくらいの大きさの白い繭が水蒸気の中にフワフワと浮いている。その輪郭はぼけていて、はっきりとは見えないが、確かに空中に浮かんでいる。

「どんな仕掛けになっているのだろう？　営業車のタクシーを傷つけないように撮影してほしい。でも、俺、何も聞いてないんだけど！」

「映画の撮影ではなさそうだよ。カメラがない。監督らしき人もいない」

ガッキー君はつぶやいた。

繭の上方の扉がスッと開くと中からヒラヒラと舞うように生物が浮かび上がった。一匹、二匹、……驚くことに続々と繭の中から湧き出てきた。頭部は大きく、深海を移動するクラゲのようだ。ユラユラと宙を舞い、タクシーの後方に移動した。

暗闇の中を、自由自在に宙を舞って先んじている仲間のもとに、その生き物は集合した。腕はタコの手のようにグニャッと曲がり、仲間の生物の肩を叩いている。

何事か相談が始まったようだ。

ギーギーと小さな声が聞こえている。五体の生物は皆同じ体型だ。三頭身ほどの大きな頭の下には細い胴体。四本の細い手が首のあたりから左右に伸びている。二本の足も細く、手足の先端は鋭く尖っている。今までに見たことがない生物——深海にいる生物なのか。少なくてもテレビや図鑑では見たことがなかった。

二体の生物が翔太のタクシーの中に侵入した。後部座席のあたりを集中して観察しているようだ。

「俺、ちゃんとロックしたのに、どうやって入ったのかな?」

翔太はささやいた。

「彼らは何をしているのだろう?」

ガッキー君はカーテンの隅から、そっと成行きを見ていた。

「木箱を探しているのさ。リーダー格の生き物が木箱を置いた後部座席を指さしている」

グッキー君は冷静に生物の動きを分析してみせた。

ゴクリとした翔太は、玄関に置いた風呂敷に包まれている木箱を見た。

「夕方、木箱を開いたのは左側の後部座席だった。あの生物たちはこの木箱を探しているとすると、この部屋にやって来るかもしれない。その前に行動する」

翔太は玄関のドアを開き、包みを外廊下に置き、そっとドアを閉めた。

ダブルロックの鍵をかけた。

玄関ドアを背に、立ちすくんだ翔太の心臓はドキドキ震えた。あの生物が部屋に侵入しようとした場合に鍵が役に立つとは思えないが、わずかな効果を期待した。敷地の外の市道まで木箱を持って行こうとも考えてみたが、共用廊下を歩くコンコンという音が聞こえてしまったら……もし見つかってしまった場合、その後の展開を考えたくはなかった。

「宙に浮き、ロックされた車内に忍び込む生き物と対決しても勝ち目はない。木箱を持ってどこかに去ってくれ！　俺には一切関係ない」

冷や汗が背中を垂れ、両足はガタガタと震えが止まらない。

「気味の悪い生き物だ」

ガッキー君は忍び足でベッドに飛び乗ると、翔太が抜け出した布団に頭から潜り込んだ。

「僕は彼らが何をしているのかとても気になる。何かの目的があるはずだ」

いつも冷静なグッキー君は窓の隅から外を見つめている。

翔太は深く息をして動揺している気持ちを何とか抑えた。恐ろしさに口の中もカラカラだ。そろりそろりとベッドの横にたどり着くと、こわばる手を伸ばして布団の中に潜り込んだ。中では先客のガッキー君がブルブルと震えていた。翔太は感情を抑えきれずに、強い力で抱きしめてしまった。

「ギャッ」と叫び声が聞こえ、同時に心臓がドキンと震えた。

「シーッ」

翔太は布団の中で小さく声を出して、人差し指を立て自身の口に当てた。

「今のところ、大丈夫のようだよ」

窓側のグッキー君は落ち着いた態度で答えた。

布団の中の二人は震えが止まらない。気の弱いガッキー君は翔太の片腕を両手で抱え込んだ。どのくらいの時間が経過したのか。布団に重圧がかかりバッとめくり取られた。

「ファー」

翔太は叫んだ。びっくりしてしまい反射的に叫んでしまった。

グッキー君が布団を剥ぎ取ったのだ。

「落ち着いてよ。奴らはどこかへ消えた。諦めて帰ったらしい。ちょっとタクシーを見に行こう」

「俺は行きたくない。奴らがまた戻ってくるかもしれないだろ」

グッキー君の誘いを翔太ははっきりと断った。

「大丈夫だよ。あの生物は繭に乗って夜空に消えた。鍵をかけたタクシーの中にどうやって入ったのか気になる」

「俺は、全く気にならない。ここにいた方が安全だ。もし、彼らと鉢合わせして、喧嘩になっても俺らに勝ち目はない。行きたいのなら、グッキーがひとりで行けばいい」

うつ伏せ状態のガッキー君は布団の中からチラッと振り返りグッキー君を見つめ、つぶらな瞳が大きくなった。

「僕も翔太ご主人と同じだよ。行きたくない」

震えた声が言った。

「二人とも、頑なな態度だな」

両手を上に広げ、やれやれポーズをとったグッキー君は加えた。

「彼らはいない。だから問題はない。それと翔太ご主人は明日の仕事で使うタクシーが動かなかったら困るでしょう。今しっかりと点検しておいた方がいいよ」

「……」

明日も仕事がある。車が動くか動かないかは翔太の信用問題に直結する。ここはグッキー君の言う通り点検の必要がありそうだ。

翔太はベッドに腰掛け、腕を組んで少しの間考え込んだ。

地味に震えているガッキー君は、あいかわらず布団の中から翔太ご主人の顔を見つめている。

――信用問題が優先するのかな！　でも、怖い。

「分かった。見に行こう」

そう言って翔太は布団の中のガッキー君を胸に抱きかかえ、頬を合わせた。

「ガッキー、たぶん大丈夫だ。もし、俺に何かが起きたら、構わずに逃げてくれ」

お腹のあたりに位置している二本の小さな前足を、手の平で優しく包んだ。

玄関ドアを開けると、さっき置いた木箱がそのままの状態で外廊下にあった。

「鍵のかかったタクシーの中に簡単に入れるほどの能力があるのなら、ここにある木箱を見つけて持ち去ってほしかった」

薄暗い常夜灯に照らされた木箱を鬱陶しく眺めると、翔太はため息をついた。

駐車場は敷地の前面にあるため、雨天時でも傘を差したことがないくらいの距離だ。しかしこの時は違った。両足はおもりが張り付いたように動きが鈍く、駐車場が遠くに見えた。胸の中のガッキー君はガタガタ震えが止まらない。先頭のグッキー君はクンクンと鼻を立て鋭い目を向けている。

カチャッと音がして、ドアのロックが外れた。

恐る恐る翔太は後部座席の扉を開けた。

ひんやりとした空気が充満している。車内の窓ガラスには氷の結晶が張り付いていた。

「冷却されたみたいだ」

翔太は前席のドアを開け、フロントガラスに触れた。ザラザラした感触があった。

「木箱の蓋を開いた時と同じだ」

宙を舞う生物は木箱を探していた。

運転席に移動した翔太はキーを回した。ブーンと音がした。通常のエンジン音だ。異常のありそうな音ではない。アクセルを踏むと回転数を示すタコメーターは正常に反応している。業務に問題がないことが分かりホッとした翔太は、小走りにアパートの部屋に戻った。

――木箱をどのように処分したら良いか。

二匹のペットに向かい翔太はささやいた。

「明日、調布中央警察署の落とし物係へ届ける。お客様の忘れ物として、会社に届けることはやめようと思う。空からやって来た生物が、木箱を探しに会社に来ることは何としても避けたい。警察ならきっと何とかしてくれる。どうだろう?」

この考えに二匹のドッグは、賛成だった。

次の朝、いつもより二時間ほど早くに自宅アパートをタクシーで出発し、警察署の駐車場に到着した。背中にリュック型のペットキャリーを背負った翔太は、風呂敷包みを片手に持ちエントランスの扉を開き案内コーナーに向かった。

受付の男性職員に案内され、署内の個室に通された。

「昨日、この木箱がタクシーのトランクの中に放置されていました。落とし主さんから会社への連絡がないため、警察署に持ってきました」

六畳ほどの広さの個室。テーブルが真ん中に置かれ、スチール製の折りたたみ椅子が二脚ずつ左右にあった。

翔太の向かいにはお腹周りが特徴的な中年の男性警官がいたが、朝日が腰窓を通して差し込んでいるため、逆光で警官の顔の表情は分からない。翔太よりも少し年上な気がする。椅子の横に置かれたリュックの中には二匹の共同生活者がいた。

「これは何ですか？」の問いに翔太は風呂敷を解いた。

竜の彫りのある木箱。

「空ですね！」

蓋を開けて上から覗き込んだ警官は小さく舌打ちした。

「はい。はじめからこの状態です。何も入っていませんでした」

翔太は顔を上げた。

「ただの箱ですね。本当に何も入っていなかったのですか？」

その警官はいぶかし気な眼差しだ。

「はい。はじめから空でした」

「どんな物が入っていたんでしょうかねえ？」

首を振っているこの警官は、箱の中身を翔太が抜き取ったのだろうと疑っているようだった。

高級なお酒を飲み干してしまい、後になって良心の呵責に苛まれていると考えている。そんな目をしていた。

「貴方のタクシー会社の落とし物係に届けないのですか？　警察に持ってこられても空箱では困ります。たとえばですが……」

警官は何かを考えた。

「この中に、高級なお酒が入っていて、それを貴方が飲んでしまった。というようなことはないのですか？」

翔太の胸の内を見透かす目をした警官は、胸の前で太い腕を組んだ。

「違います。はじめから空だったのです。もし、高級酒があって私が飲んでしまったのなら、空箱は捨てます」

警官の目をしっかりと見つめ翔太は話したが、相手は信じていないようだ。

「立派な竜の彫り物ですね」

警官は木箱の表面を撫で、中を覗き込んだ。

その後、視線を翔太に向け、懐疑的な表情になって小刻みに首を横に振った。

「このような木箱に入っている商品はさぞや高級品なのでしょう」

そう言うと警察官は翔太を冷ややかに注視した。

翔太はこれ以上の説明ができない状況に追い込まれてしまった。

昨晩の出来事――蒸気に包まれた繭から見たこともない生物が舞い降りて、ロックのかかった車内に入り込み、この木箱を探していたとは言えなかった。もし、翔太が見たすべてを話したら、不審人物として逮捕されてしまうか、要注意人物として会社にも捜査の手が迫るに違いない。

「中身があったなら、落とし物として預かります」

四十歳前後と思われるその警官はふてぶてしい態度をあからさまに見せた。

状況は回復できないほど不利になっていた。

木箱を警察で保管してもらうために来たのに、翔太の人格を否定されてしまったような気がした。

「この木箱は私のタクシーの中にあった物で、誰かがお忘れになった物です。そのままの状態で持ってきたのです。高級な洋酒のような特別な何かがこの中にあったわけではありません。おそらく、木箱そのものが、貴重品なのです」

しっかりと相手を見据えて翔太は追加した。

何も抜き取ったり飲んだりしていない。やましいことは何もない。単なる落とし物だ。警察で引き取ってくれればそこから先は翔太に責任はない。目の前にいる警察官の誤解を解きたい思いがあったが、どうやらその思いは打ち砕かれたようだ。

「さっきも言いました。中身のない木箱は保管することはできません」

胸に中村とある警官はさめた口調で言った。

翔太は苦々しい気分になった。

「保管していただくわけにはいきませんか？」

再度の問いに、首を振る警官を見て翔太は悲しくなった。木箱を風呂敷で包んだ翔太は、床に置いたペット二匹のいるリュックを肩に掛け、席を立った。

翔太の前に着席している警官の向こう側にあるサッシのガラス面に、氷の結晶が張り付いていた。室内温度は低下していて吐く息が白く流れている。

個室を出て玄関に向かう廊下のガラス面はオフホワイトのグラデーション。結露して曇っていた。さながらクリスマスイブにやって来るサンタクロースの絵が似合う。サンタさんからの数ヶ月遅れの贈り物と翔太は考えてみたが、気持ちは弾まない。

警察署の玄関ホールには、来場者のための大きな案内看板が立っている。その先にはカウンターがあり、その横では署員の方々が忙しそうにパソコンと向かい合っている。

「なんでこんなに寒いんだよ」

「寒すぎる。設定温度を上げた方が良い」

あちこちの席から不満の声が聞こえている。

「空調機が故障したらしい」

若い警官が首を捻っている。翔太は、この場所全体が冷気に満ちているのを感じた。

風呂敷包みを手に持ち、翔太は調布中央警察署を立ち去った。

「あの警官は翔太ご主人の話を聞こうとしなかった」

ガッキー君はリュックの中からそっとささやいた。

「繭に乗った生物が天から舞い降りて、木箱を探していました、と言ってしまえば良かった」

　グッキー君もささやいた。

「それは無理だ」

　翔太は首を振った。

　気味の悪い木箱から解放されると信じた朝方の思いとは全く逆の展開になってしまった。この風呂敷包みをどうすれば良いのか翔太には分からなかった。会社の落とし物保管庫に置いておくのはまずい。気味の悪い木箱が良からぬ出来事を引き起こすかもしれない。会社に迷惑がかかるのは何としても避けたい。誰が持ち込んだのかを詮索されてしまうのも煩わしい。

　普通ゴミとしてゴミ置き場に捨ててしまうべきか？　どこかの山奥にそっと捨ててしまうのが良いのか、などと思案しているのだが、翔太には決心がつかなかった。その後の影響が心配になったからである。

「無駄足になってしまったね」とグッキー君。

「どうする？」とガッキー君。

「しばらくこのままタクシーのトランクの中に入れておく。風呂敷で包んだ状態では悪いことは起きないだろう」

翔太は沈む気持ちを何とか抑えた。

業務を終え、自宅アパートに帰ると翔太は冷蔵庫の扉を開き、鶏のもも肉を取り出した。片栗粉をまぶし、フライパンで加熱した。その中にキャベツを入れ一品料理が完成した。多めのダシを加えた卵スープも出来上がり。

ドッグに合わせたソルト控え目の夕飯が完成した。

「さあ準備ができた、食べよう」

翔太の掛け声と共に食事が始まった。椅子に腰掛けた二匹と一人はテーブルを囲んだ。

料理はどんどん減った。

「美味しい」

フォークを片手に持ったグッキー君は口の周りのマヨネーズをペロリとした。

「翔太ご主人の愛情いっぱいの料理は最高」

ガッキー君も両手を振り上げガッツポーズ。

食欲旺盛で、くだけた姿勢で食べる姿を見た翔太は、肩のあたりがほっこりした。ビールを含み長い息を吐き出した。

ベッドの上にゴロンと大の字になった。

右手側にはガッキー君、左手側にはグッキー君が翔太の腕を枕にして、顎を乗せている。瞬間移動の達人たち二匹は定位置に着いた。

「今日の夜、何かが起きる」

グッキー君が口火を切った。

「今朝、調布中央警察署の一室で木箱を開いた。昨日と同様に、繭に乗った生物が空からやって来る」

ガッキー君は窓の向こう側の暗闇に視線を向けた。

「昨日、僕らは見ているだけで何もできなかったけれど、警察なら何とかしてくれる」

グッキー君は少しの希望を口にした。

「何とかって？　たとえば、逮捕して手錠を掛けたり、牢屋に入れたりとか？」

翔太はそう言って首を捻った。

「鍵のかかった車の中にスッと入り込めるような能力がある生物を牢屋に入れたところで、直ぐに出てきてしまう」とガッキー君。

「警官はピストルを持っているから大丈夫だよ」

グッキー君は補足した。

「ピストルを構えたところで、あの生物が怯むとは思えない。そもそも彼らの能力がどれほどのものなのか僕らは知らない」

ガッキー君は静かに首を振り、目を閉じた。整った両耳は向かい風をいっぱいに受けた帆船のようにピンと吊り上がった。

「様子を見に行こう」

二匹の声が重なった。


日付が変わった頃。

二匹と一人はアパート前の薄暗い駐車場の入り口にいた。

路面に沢山の小さな影がガサガサと動いている。

「ねずみ怖い」とチワワのガッキー君は翔太の腕の中にピョンと飛び乗った。震える小さな前足を、翔太は優しく包んだ。ギーギーと鳴き声がかたわらの草むらの中から聞こえてきた。強い風が高木の枝をカサカサと揺さぶり、生温かい風が体を通り過ぎた。

グッキー君はアスファルトの路面をテクテクと歩き出し、クルリと一回転。

「ウォー」と小さな声が周囲に染み渡った。するとふさふさした尻尾の周辺は発光を始めた。クルッと丸まっている一本一本の毛先から発光が始まった。どんよりとした光だ。呼吸に合わせたように光ったり止まったりを繰り返しながら、少しずつその輝きは鋭くなっている。尻尾から腰へ、さらにお腹へと発光は進み、首から頭部まで包み込み、グッキー君の体は光に包まれた。その光は強くなったり弱くなったりを数回繰り返した後、体全体が真っ白な強い光で輝いた。

目が眩むほどの光だ。

グッキー君は腰を下ろし前足を合わせた。

暗闇の中でボンと乾いた音がして、グッキー君は馬車になった。

西部劇に出てくるような立派なつくりではない。木製のリンゴ箱が畳二枚ほどに大きくなっただけの簡素な車体、何かの拍子に肘が当たれば壊れてしまいそうな頼りない車体だ。馬車の天井は、ハタハタと風に舞う布が覆っている。ギシギシ音を立てて扉が開くと、翔太とガッキー君は迷いなくその中に入った。中には向かい合わせの二人掛けのベンチシートがあった。腰掛けると同時にカチャッと音がして太いベルトが腰に回った。

「出発するよ」

グッキー君の馬車はゆっくりと浮き上がった。音もなくふわりと上空に向かった。

頼りなさそうな車体は、風に流され、時々ガクンと下降もした。翔太の心臓はドキンと鳴った。これから警察署で出会うであろう生物を思うと恐ろしさが込み上げたが、平然と進行方向を見据えているガッキー君の態度はグッキー君の馬車を信頼しているようで、迷いのない瞳が前を見ている。〝俺はひとりじゃない。二匹のドッグもここにいる〟翔太は汗のにじむ手でグッと握りしめた。

月の光に照らされた馬車は、グイグイと上昇した。

東の方角に赤く彩られ力強く上空に向かう背の高いタワーが見え、下方には都立公園や神社の緑が広がった。その横を流れる小川のわきには、街灯に照らされた菜の花がいっぱいに広がり、風に揺れる黄色の帯のようにユラユラと揺れている。

右手には高木の緑で縁取られた四車線の道が見えた。街路灯に覆いかぶさる大木が、二列に並んでモコモコとどこまでも続いて、その間を車のテールランプが赤く流れている。その緑の道と黄色の小川の出会う地点、その場所を眼下に見る高台に調布中央警察署がある。徐々に降下を始めた馬車は、警察署の屋上にひらりと舞い降りた。

「奴らはきっと来る」

グッキー君は断言した。

「彼らにとって、あの木箱は大切なものらしい。俺にとってはどうでもいい物だから、気前良く渡してしまおうか？」

木箱の処分に迷っている翔太はささやいた。

「不気味な手紙には、譲渡は不可とあった」

つぶらな瞳のガッキー君は翔太を見返した。

「あの手紙の送り主が誰かは俺には関係ない。これからの日常生活に支障がなければ知らなくてもいい。繭の中にいる変な生物に恨まれるようなことを俺はしていない」

——午前二時を回った頃。上空に白く光る物体が見えた。

「来たよ。繭だ」

馬車になったグッキー君はささやいた。

「馬車になった僕は、彼らには見えない。だから落ち着いて！」

いっぱいの蒸気に包まれた繭は〝シャー〟と神経を逆なでする耳ざわりな高音を発して、馬車の直ぐ隣にゆっくりと着陸した。蒸気が消え去るとそこには、小型バスほどの大きさの繭が現れた。光沢を帯びた黒色の表面には細かなうねりの模様が規則正しく全体に連続し、地球上あまたの人工物とは全く異なる妖艶な空気感を漂わせている。ゆるぎない意思と強力なエネルギーが内在した塊は、周囲を圧倒する風貌を露わにした。グッキー君の弱々しい馬車とは異なる堅牢無比の外観だ。

翔太は〝ゾッ〟として息を呑んだ。気持ちを落ち着かせようと大きく長い息をした。ガッキー君は人差し指を口に当てシーのポーズ。

中からあの生物が出現した。

昨日、翔太のアパートで見たシーンと同じだ。先発隊の二体はあたりを見回した。周辺に敵がいないと判断し「キーキーキー」と甲高い声が聞こえた。繭の中から他の生物がジワリと湧き出てきた。

一体、二体と続き全五体が空中に整列し、長い手をつなぎ五角形が出来上がった。繭の上方に五角形の物体がうっすらと浮かび上がっている。節の部分には五体の頭部が発光し、節と節を結ぶ腕は互いに固く結ばれて発光している。

五角形の光る物体は屋上から横に位置をずらし、外壁面側をゆっくりと降下した。

十階から徐々に下方に向かい一階横で停止し、スッと建物内に消えた。鋼製のシャッターを開くことなく、すり抜けて内部に入った。

「誰だ」

大きな声が聞こえた。

警察署内の夜間警備担当警官の声。中には数人の警官がいるらしく重なった声だ。

「何者！」

「こっちに来るな」

「助けてくれ」

「ウワッ――」

絶叫が聞こえた。

数人が叫ぶ緊迫した声が、一階から響いた。

ガッキー君は、その場面を目の当たりにしていた。夜勤の警官五人が、五体の生物に襲われる場面に遭遇していた。

警備体制の敷かれた建物内に潜入するため、のみに変身していたガッキー君は五角形の光る物体が下降している時、それに先んじて屋上の換気口から設備ダクトを伝い、一階のホールまで一気に侵入していたのだ。

一階の玄関脇の広いスペース、長いカウンターと秩序立って配置されたユニットチェアーが置かれている広い執務空間の天井のダウンライト脇に、ガッキー君は身を潜めていた。

海中を移動するクラゲのようなその生物五体は、それぞれターゲットにした警察官に取り付いた。人間の半分くらいの身長でフワフワと揺らぎながら宙を移動している。頼りなさげに見えても敵を抱え込む力は圧倒的に強力。音もなく背後に忍び寄ると、四本の長い腕で人間を抱きかかえ密着した。

不意を襲われた側は抵抗しようと、背後の敵に肘打ちする者、両手で敵の腕を取り一本背負いをかけようとする者、手刀で裏打ちする者がいた。しかし、危険を回避しようとする試みは皆、空を切った。

警官の背中に取り付いたその生物は、四本の腕に力を込めた。グイグイと強い力で警官たちを締め付けた。

ミシッ、グシャ、グキッ。

ギャーと声。

五人は崩れながら床に倒れた。

反応はない。うつ伏せ状態で倒れている。意識はない。

生物はゆっくりと力を緩め、取り付いている警察官の体位を反転させ仰向けに変えた。警官の首のあたりを二本の手で少し持ち上げると警察官の口元が緩んだ。その態勢のまま残りの二本の手を上顎と下顎に添えて力を加えた。口はオの字に広がった。生物は自身の頭部をその中に押し込んだ。すると、その頭部は細く形を変えながらゆっくりと口の中に入り込んでいった。頭部が入ると細身の体もニョロッとそれに続き、脚部も旋回しながら警官の体内に入り込んだ。

室内は何事もなかったように静かになった。

一階執務室の明かりがついた。今朝、取り調べを受けた部屋の明かりもついた。その後、二階に明かりがつき、三階へと進んだ。徐々に上階へ進み、庁舎全体に明かりがついた。

「きっと、今、あの生物たちが木箱を探している最中だろう」

馬車の中の翔太は言った。

建物内からはカタンカタンと音が聞こえてきた。大小のキャビネットの扉の開閉する音だ。

「探し物は見つからないよ。この馬車の中にある」

馬車に変わったグッキー君がささやいた。

翔太は足元の木箱を見た。

「これを彼らに渡したら何か大変な問題が起きるのかな？　俺らが大事に保管している意味が分からない」

「あの手紙には、決して他者に渡してはならないと書かれていた」

馬車になったグッキー君は直ぐに返した。

「それは俺も分かっている。でも、その理由が分からない。なぜ、駄目なのか？」

「少なくとも、彼らにとって、あの木箱は必要なもののようだ。夜、木箱を探しに天から舞い降りてきて、必死に探している」

グッキー君の馬車がメリメリと音を立てた。薄い木板が軋んでいる。真剣に考えている時は、いつも、どこかに歪みが生じるのだ。

「鋼製のシャッターをすり抜けて、警官をも瞬時にやっつけてしまうような生物が、木箱を利用するとなると、きっと良くないことが起きるに違いない」

翔太は背筋がゾクゾクとした。


朝、五時頃、調布中央警察署の屋上から見える東の空が変化した。

オレンジ色の直線が、東の暗闇を真一文字に貫いた。それは夜空と黒色に沈んだ地上との境界線。暗黒の中を南北に延びたその直線は次第に変貌している。くすみがかった色から透明感のあるオレンジ色の直線に変わった。エネルギーを蓄えたその直線は、少しずつ厚さを増して帯状になった。池袋、新宿、品川、川崎方面のビル群は、オレンジ色の帯を背景に黒いシルエットとなっている。繊細な積木細工の模様が東側に広がり、背後からの光の中で立体的に浮かび上がっている。

オレンジ色は徐々に赤色に変わった。

ビル群の谷間から圧倒的な存在感でじりじりと朝日が顔を出した。

南北に延びていた帯は蒸発し、日常の景色が広がった。

リアルな造形物が地上に現れた。

わずか数分の出来事だが、毎日繰り返されている情景。

警察署の室内灯は一瞬にして消え、建物上部が朝日に包まれた。

機体の表面からは多量の蒸気がシューと音を立てて噴出し、濃密な霧に包まれた藹は調布中央警察署の屋上から、ゆっくりと上方に向かった。グッキー君の馬車の横からフワフワと昇っていった。

何事もなかったように。

やがて、調布中央警察署の前面道路の信号機には車列が目立ち始め、歩道にはサラリーマンや学生風の人たちが見えた。

七時過ぎ、小田切署長が出社した。毎朝、勤務開始時間の一時間前にデスクについている。最寄駅から小川沿いの歩道を三十分ほど散歩した後出社する。なんでも朝、川の流れる音や飛来する小鳥の鳴き声を聞くことが、一日の活力源となっているらしく、遠回りして出勤する。

「おはようございます」

大きな声が一階のホールに響いた。

「おはようございます」

夜勤の警官五人の声も聞こえている。

署長は白髪が目立ち、スラッとした体型。ぜい肉がほとんどないタイプだ。毎日トレーニングをしているそうだ。空手をこよなく愛している。筋トレとストレッチの後、『型』を繰り返し練習している武闘派だ。

屋内階段を上り、二階にある署長室の扉を開けようとしている小田切署長に向かい三人の警察官が駆け寄ってきた。

「署長、肩にゴミが付いていますよ」

幸田警部補はそう言うと、背後から署長を羽交い絞めした。

「どうした！　幸田君」

とっさに両手の自由を奪われてしまい、署長は何事かと思った。しかし、周りにはよく知った緊張感のない顔があり、これから〝かくし芸〟が始まるのだろうと考えて、余裕のあるところを見せるため小田切署長はにっこりと微笑んだ。

師範の空手家に羽交い絞めもないだろうと、横に立っている加藤警部と時任警部補を見つめた。署長の前に位置を変えた加藤警部は、向かい合うと両手で署長の顔をはさみ徐々に力を加えた。頬が圧迫された署長の顔は、口がオの字に広がった。周りの警官たちは誰も止めようとしない。背後の幸田警部補はじわじわと締め付ける力を強め、署長の首を圧迫した。

「幸田君。やめなさい」

潰れた声が聞こえた。

真剣な目付きになった署長は前面の加藤警部の股間をめがけて前蹴りを放った。その足は相手の急所を捕えたはずだった。しかし、体をすり抜けて力なく空を切った。

――なぜだ。

署長の顔は瞬時に青ざめた。

加藤警部は小田切署長を前方から強い力で抱き寄せた。間近に向き合った一方の顔が微笑んだ。その微笑みから口が消え、鼻が消え、目が消え去りウロコ模様が現れた。白蛇の頭の先端が小田切署長の口の中にグニグニと入り込んでいった。頭部が入った後、さらにそれより太い腹部が口の中に入り込む。白く太い筒状の塊だ。署長の頬は歪み、目は充血し真っ赤になった。窒息状態の中、生物は容赦なく入り込んだ。

数秒間の出来事だった。

羽交い絞めしていた後方の警官は、その力を抜いた。

頭部が垂れ、下を向いている小田切署長の口から黄色の粘液がぽたりと流れ落ちた。

ぜんまい仕掛けの人形のようにゆっくりと頭を持ち上げた署長は、大きな身震いをした。見開いた大きな目には、冷徹で、何ものにも動じない意志が宿っていた。

「ウォー」

大きな叫び声が署内に響いた。強い力で握り締めた両手の拳が震え、全身が真っ赤に染まった。呼吸は荒く殺気がほとばしった。やがて呼吸が穏やかになると、雪のように白い瞳が廊下に立つ警官を順に見つめた。

署長室の扉は音もなく開き、小田切署長はゆっくりとした足取りで前に進んだ。

——その日の昼食時間、館内放送が流れた。

「皆さん、お仕事ご苦労様です。小田切です。本日も市民のためにしっかりと働いてください。先ほど、皆様方に業務メールを発信させていただきました。探し物の連絡です。見たり、聞いたりした場合は私まで連絡ください。以上」

いつものおだやかな口調だ。廊下で気軽に話しかけられているような、緊張感を含ませない言い方だった。

一階の交通課のカウンター周りには、警察署に用事のある市民も沢山いたが、誰も気にしてはいない。交通課の大門は一階の自席でその連絡を聞くと直ぐにメールを開いた。

『皆様へ。お疲れ様です。以下の木箱を探しています。もし発見したり聞いたりした場合は、直ぐに私まで報告下さい』

文面の下には捜索のために小田切署長が描いた絵があった。横にはグラスも描かれていてサイズ感が分かる。

『これは、調布市内に住む私の知人が探している木箱です。とても大切な物で、最近紛失してしまったようです。もしも業務上、発見するようなことがあったら、私に連絡ください。特徴は箱全体に二匹の竜の彫りがあります。黒地に赤色の竜と、黄色地に青い竜が彫られています。注意していただきたいのは、決して蓋に触ってはなりません。おそらく、布で包まれているはずですので、そのままの状態で私に渡してください』とあった。

大門はメールの絵を拡大し、丁寧に観察した。一度見たら忘れられないような印象のある木箱だ。切れ長の竜の瞳に吸い込まれそうな気分になった。

『お見受けしたところ、立派な木箱と思われます。もし、盗難にあったのなら、持ち主は犯罪者になります。警察署まで連行してもよろしいですか？』と、大門は一斉返信した。

すると直ぐに回答があった。

『盗難とは関係がありません。どこにあるのか分かればそれで目的は達成です。保管者を連行する必要はありません。電話でもメールでも良いので、直ぐに私に知らせてください。よろしくお願いします』

その日の夕方、署長室には五人の警察官がいた。

「いつまでも待ってはいられない」

小田切署長はそう言って両肘のある署長席に深く腰掛け目を閉じた。時任警部補、幸田警部補は小田切署長の前に立った。

「昨日、調布中央警察署内で木箱が開封された痕跡があり、くまなく探してみたが発見できなかった。持ち主を早く見つけ出し木箱を取り戻そう」

時任警部補はこわばった表情だ。

小田切署長は頷いた。

「中村という落とし物係の警官が、先ほど署長室に来て話してくれた。昨日、落とし物として木箱を警察署に届けに来た者がいたが、中身が空だったので、お引き取り願ったそうだ。きっとタクシーの所有者だ。あのタクシーの周辺を重点的に探そう」

4章 尾行

数日後、翔太は調布駅から徒歩十分ほどの距離にあるタクシー会社の営業所で昼食中。ご飯の上にシャキシャキキャベツをのせ、その上に目玉焼を重ねた自信作だ。数名の社員も応接用ソファーやスチールの折りたたみ椅子に腰掛け、小さなテーブルにお弁当を広げ食事をとっていた。コンビニでおにぎりとカップ麺を購入し食べている人、愛妻弁当を食べている人、食後のコーヒー中の人など、それぞれに寛いでいる。

翔太は会社でレンタルしているオフィスコーヒーサーバーのアイスコーヒーのボタンを押した。その時、後方から桐野江桜子さんの声が聞こえてきた。

「翔太さん。マッチングアプリって知ってますか?」

桜子さんは営業所の中で一番仲の良い同僚だ。翔太より少し年上の女性で、二十歳の一人娘の美咲さんと二人で暮らしている。随分前に夫とは離婚したそうで、「私は一家の大黒柱なのよ」が、会話の中に度々出てくる。ショートヘアーに整った顔立ち、口元の曲線がツンと上がっていて魅力的な女性だ。私服はカラフルなものが多い。出勤時のその姿は営業所内では少し目立っている。業務用の制服に着替えても、胸にはピンクのバラのブローチをいつも付けている。そのアクセントはまっていて嫌味がない。

「僕、あまり詳しくないです。男女の出会いのためのアプリってことぐらいは知っていますが、残念ながら登録したことはありません」

翔太はアイスコーヒーをゆっくりと飲み干した。

「僕は——、今のところ特に女性とお付き合いをしたいとは思っていません」

少し力を込めて追加した。さらに頭を左右に振り、もうひとこと付け加えた。

「アプリで知り合うことについて、僕は少しの抵抗感があります。ほら、昔の言い伝えにあるでしょう。結婚相手とは昔から、赤い糸で結ばれているって、アパートの隣の部屋のお婆ちゃんが言っていました」

二杯目のアイスコーヒーを手に持った翔太は、桜子さんの隣のスチール製の椅子に腰掛けた。

「我が家の自慢の娘がね——家を出たいと言い出したのよ。理由を聞いたら、同棲するためだって」

口を真一文字に結び、心なしか厳しい目付き。

「どこで知り合ったのって聞いたら、マッチングアプリで知り合ったって言うのよ。それ、よく知らないから誰かに聞いてみようと思ったってわけ。翔太さんは男性で私よりもいくらか若いから何か知っていると思った」

魅力的な瞳がまっすぐに翔太に向かっている。

決して若くはない年齢に差し掛かっていて、そろそろ焦っている頃だろう。当然、マッチングアプリを使いこなしているに違いないと思われている。

「僕はそれほど若くはありません。桜子さんとだって七歳違いですよ。人生百年とするとほぼ同世代です。アドバイスできなくてすみません」

翔太は正直に答えた。

すると「僕はある程度なら分かるよ。マッチングアプリ」と、横から声がした。石塚琢磨。三十歳。コンビニのおにぎりを片手に持ちこちらを向いている。三個目のおにぎりを食べているところだ。「僕はマッチングアプリで知り合った方と十人以上会いました。今のところ特筆すべき結果につながっていませんが、これからもめげずに行動しようと思っています」と言ってから、カップ麺のスープをごくごくと喉を鳴らして、飲み干した。

「アプリに登録している人ってどんな人なの？」

美咲ちゃんの同棲予定の男性は、アプリとやらを器用に使いこなしているらしい。桜子さんは、機械が仲立ちをしていることに不安を持っているようだった。娘さんが言うには、彼女の周辺の人も何人も登録していて、今や一般的な出会い系のツールなのだと決めつけている。強気な発言を繰り返し、心配は無用の態度をして、母は心配し過ぎ！との思考回路だ。

「僕がお会いした方の中には、営業の関係の方も何人かいました。わりと特殊な商品の販売をするためにマッチングアプリを利用している方でした。お会いするとはじめにそのお話があるので、それはそれとして僕は割り切っています。アプリに登録している女性の方にもそれなりに出会うための理由があるので、それが何なのかをはじめに聞きます。そういう方とはそもそも目的が違うので再度お会いすることはありません。コーヒーの料金はワリカンにしています」

石塚さんは薄く微笑んだ。

「登録している人はどのような人なのかしら？」

不安そうな桜子さんは、再度問いかけた。

「男性の場合は、僕のように婚活中の人が大部分だと思います。でもね、夜の街のメンバー募集を画策していたとしても見抜けませんよ」

桜子さんの不安は一気に高まり、鼻の頭が盛り上がった。

そのアプリとやらは、きっと良からぬ目的を持った人たちも多数登録していて、出会うきっかけとしては受け入れがたい現実と思い至った。

琢磨さんの発言は火に油を注ぐ結果となった。

「驚かせてしまったみたいですね。でも、本人次第ですよ」

歯切れ良く言い切った琢磨さんは、おにぎりの包装を両手で丸めるとビニール袋の中に詰め込んだ。次にカップ麺の空き容器も割りばしと一緒に押し込んだ。「満足。美味しかった」と言って背を向けた。

「知り合うきっかけは、人それぞれ。自身の気持ちと何かのタイミングで知り合いになるのは自然なことだけど、パソコンが仲立ちをするって自然ではないような気がするのよ」

桜子さんが結婚した年が二十歳だった。娘さんも同じ年。時代が違うとはいえ同じ年の思いは彼女自身がよく分かっている。

「どんな人なのかな、ちょっと心配。親は子供を見守ることしかできないのよ」

桜子さんの真意は、マッチングアプリ利用者像よりも、娘さんのお付き合いしているその人がどのような人なのかを知りたいようだ。

遅番勤務の終了は夜十時だ。桜子さんも同じ時間に終了した。

翔太と桜子さんは営業所の奥にあるペットルームに向かった。そこにはガッキー君とグッキー君、桜子さんのペットのミミもいた。三匹のペットはワンワンと興奮して大きな声を出した。再会の嬉しさに身を持て余している。翔太は中に入ると腰を落とし目線を合わせた。

「家に帰るよ！」

声を掛けると二匹の尻尾は大きく揺れた。

翔太は丁寧に触れ合った。ガッキー君を懐に抱きかかえ、頭部をゆっくりと揉みほぐす。満足した！という表情を見せるまで続く。その後はグッキー君。こちらも同様、満足しました！と表情に現れるまで続く。

桜子さんは、愛犬のミミをそのまま残して、部屋を出て行った。しばらくすると、コーヒーの入った紙コップを二つ手に持ちテーブルの上に置いた。

「マッチングアプリで知り合った相手がどんな人なのかは分からない。怪しげな人かもしれない。そのよく分からない手続きの中で知り合った人に、……大切な一人娘を渡せるものですか！」

桜子さんの鼻息は荒い。子を思う母の姿だ。

翔太は何かしらのアドバイスを期待しているらしい桜子さんを見た。

だが、何も浮かばなかった。

翌日、翔太は休日だった。

休日は週三回ある。一日あたりの拘束時間は十二時間と長いため、会社側から社員の健康と生活に配慮したシフトと定められている。

翔太の休日の朝は早い。出勤日の朝は枕元の時計を眺めながら少しでも布団の中に潜っていたいと思うのだが、休みとなると少し活動的になる。ゆっくりと眠ることができない。気難しいペットたちとの小川沿い朝散歩を思うとワクワクして横になっていられない。

美咲ちゃんのデートの日。

その日の二匹と一人の散歩コースはいつもと違った。

同棲予定の男性を品定めする役目を桜子さん他、会社の同僚の総意のもと、翔太は不本意ながら引き受けてしまったのだ。

ガッキー君とグッキー君は諸手を挙げて賛成した。

「どんな人か見てみよう」

ガッキー君は朝からソワソワしていた。睡眠の達人が〝眠っている場合ではない〟とワクワク感を抑えられずにいた。

「お母さんの心配は無用だよ。僕は美咲ちゃんとは何度か会ったことがある。三年前、彼女が高校生の時から知っている」

ガッキー君の思いも、美咲ちゃんの未来が良い方向に向かっていると確信しているかのようだった。

少し楽天的と翔太は考えた。美咲ちゃんをよく知っていると言っても……。

酔っぱらってしまった桜子さんをご自宅に送り届けた時だけだ。回数は十回程度。その度に恐縮している彼女は「どうもありがとうございました」と言ってニコニコしてお出迎えしていた。

「またですね。何度もすみません」と、片方の肩に桜子さんを背負った翔太と入れ替わり、よたよたと居間に向かった後ろ姿を、サングラスになったグッキー君と、のみに変身したガッキー君は見ていただけ。

「戸締り、よろしく」

玄関ドアの外から翔太は声を掛ける。

翔太もガッキー君もグッキー君も気さくな娘さんだなと思った。美咲ちゃんの声のトーン、微笑み方、何より酔っている母を支える時の重心の位置。仲のいい親子そのもので魅力的に見えた。

「だから調べてみたい。会っている時の二人の雰囲気を見れば、何だって分かる」

キラキラした目付きでグッキー君は賛成した。

ガッキー君はそんなグッキー君を見て口角を上げた。前から見るとニコニコ微笑んでいるように見える。

「僕も美咲ちゃんの彼がどのような人なのか見てみたい」

四つ足で歩く住人たちは、母親の心配に対して行動を起こすべきと主張した。

きっと楽しくて、頼りになる人と思い込んでいるようだ。

今日は実行日。

ガッキー君が何かを呟くと『ボンッ』と、音がした――のみになって、翔太の頭髪の中に身を潜めた。同時に微音を発したグッキー君は――サングラスになった。

準備が完了し、二匹と一人は桜子さんの家を目指した。

私鉄の最寄り駅から桜子さんの自宅まで歩いていると、逆方向から美咲ちゃんが歩いてきた。一瞬ドキッとしたが、恐らく面は割れていないだろうと思い、翔太は見知らぬ人を演じた。今日のサングラスのフレームは大きくてレンズの色は濃い。加えて特大のマスクを実装している。たぶんばれない。もしもばれてしまったら、こんにちは！と言えば良い。

二人はすれ違った。

美咲ちゃんの反応はない。

翔太は悟られない距離を確保し、そっと反対方向を向き、後を追った。

探偵になった気がした。

尾行が犯罪なのかはよく分からないが、桜子さんの不安を取り除くためだ。正確には人助けに近い。困っている桜子さんを助けるために、と翔太は美咲ちゃんの後を追った。遠くから二人を観察するだけでは、相手の男性がどんな人なのか詳しく分からないかもしれない。しかし、二人の雰囲気を実際に見ることで何かが得られるだろうと考えていた。

渋谷駅で下車。その後ハチ公前に向かっているようだ。心なしか早足になっている美咲ちゃんは、しばらくして右手でパーを作ると、駆け足である方向に向かった。

広場の車道脇、人混みから少し離れた所にうつむき加減の青年がいた。マスクの上に穏やかな瞳が見えた。にっこりと微笑んでいるようだ。そこに向かう美咲ちゃんの足取りはそこはかとない軽やかさがあったように見えた。

二人は国道の横断歩道を渡ると、歩行者専用道に進んだ。

ここはカップルや学生が多く、まっすぐには進めない。あみだくじを進めるようにカクカクと曲がりながら人をよけ進んだ。両側は高層の建物が連続し、歩道脇には昼間でもキラキラした明るい箱型のネオンがやたらと目についた。

尾行を気付かれないように翔太はうつむき加減に顔を伏せ、誰とも目が合わないように進んだ。緩やかな坂を過ぎると目の前の視界が広がった。渋谷区役所の向こう側に大きな公園が広がっていた。

人影がまばらになると同時に尾行間隔も延びた。つけていることを悟られないためだ。

「俺はいったい何をしているのだろう」

翔太は小さな声で呟いた。確かに美咲ちゃんのお相手はそこにいる。しかし、マスクをした外見だけしか分からない。会話の内容を聞くこともできない。いったい何をしに来たのか。晴天の下、都会の真ん中にある公園のベンチで翔太は寛いでいるだけ。

――こんなはずではない。日差しの眩しさが胸に染みた。

「本人の気持ちが一番大切。どんな人なのかも分からないで、一方的に心配と言い張るのは自分勝手ですよ」

翔太は桜子さんの心配を分かったうえで、中途半端な受け答えをしたことに後ろめたさを感じていた。

「人生そんなに急がなくても良い。今でなければできないことだってある。それを楽しんだうえで次に進めば良い」

桜子さんのその意見も分かっている。思い込みの激しい時期に、その思い込みだけで突っ走ってしまうことは、将来において禍根を残すに違いない。もしもそのような状態になってしまった時、桜子さんは美咲ちゃんを守れないかもしれない。手の届く範囲を超えてしまったとしたら、もはやどうにもならない。また、一方で将来の後悔がないかもしれない。それなりに楽しい未来が待っているのなら、早いうちにそのルートに乗った方が良い。

どちらのルートに乗るのか、今がその分岐点なのだ。

泣きを見るルートとそれなりの幸せルート。

どちらに転ぶかは、やってみなくては分からない。人知の及ばない神のみぞ知る分野だ。然しながら、今、何もせずに悟りを開き、鷹揚の構えをするほど桜子さんは自分ができた人間ではないとの自覚もある。

翔太はそんな桜子さんに良い知らせを届けたかった。心の中に立ち込めている霞んだ実体のない不安にそよ風を送り込み、ほんの少しでも視界を広げ、できることなら軽やかな気持ちになってほしい、と考えた翔太は、尾行と観察を引き受けた。

翔太は誰にともなくささやいた。

「そもそも正しい答えはない。正しいか正しくないかは、時間が過ぎてみて分かることだとも思う。俺にできるのは、二人を見てどう感じたのかで良い。今、二人を見ている俺にできることは、単純なこと、何を感じ取るか」

これだけで良いとひとりごちた。

のみになったガッキー君は頭髪部分から眉毛に位置を変えた。

「翔太にそれを判断するだけの経験があるのかな？」

少しムッとした翔太は「その自覚はある。でも経験がそれほど必要なのかい。感覚的でも良いだろ？」と問いかけた。

「その感覚が僕は心配だ！」

ガッキー君に辛らつな一言を浴びせられた翔太はニタニタと頷いた。

美咲ちゃんとお相手の男性の二人は立ち上がった。

それを観察している翔太も続いた。

美咲ちゃんの横にいる男性がマスクを外した。爽やかな空気の中、深呼吸をしている。翔太の喉がゴクリと鳴った。

「うそだろ。確か名前は、中御門遼」

小さな声を出した。

「知っている人？」

のみになったガッキー君とサングラス姿のグッキー君の声がハモッて聞こえた。

「――たしか、彼は高校の同級生だよ」

翔太の脳裏に、遼君のご両親をタクシーに乗せたときの記憶がよみがえった。こんな偶然ってあるのだろうか。

美咲ちゃんと遼君はのどかな日差しの中を進み見えなくなった。

その夜、翔太は高校の担任だった両角先生に連絡を取った。卒業して十五年以上経っていたが年賀状のやり取りは今も続いている。

遼君はスポーツ推薦で大学に進学し、中距離走選手として活躍していることを当時のスポーツ誌を見て翔太は知っていたが、それ以降の情報はなかった。

現在はその道からは退いているようだと両角先生は話してくれた。


「――急な電話でびっくりしただろ」

翔太はどんな態度で挨拶して良いのかを思案していたが、口から出てきたのはありふれたものだった。

四谷にある喫茶店、ルノアート。ここは遼君が指定した場所だ。ちょくちょく利用している場所だと言っていた。看板には喫茶店とあるのだがアルコール系のメニューが沢山あった。テーブルと椅子の配置はゆとりがあり、それぞれが少し古典的なデザイン。照明は明る過ぎず穏やかに食事を楽しむ雰囲気だ。

「いや、そうでもない。そろそろ連絡がある頃だと思っていたよ」

目尻を下げて、遼君は笑っている。

翔太はいぶかし気にテーブルの向こう側にいる遼君を見た。

「どういうことだ」

「先日、高校の担任だった両角先生から連絡が来た。翔太から電話があって久しぶりに話した。元気そうだったと言ってたよ」

なるほどそういうことか。翔太が遼君の連絡先を聞いたことを、両角先生は話していたらしい。

「俺、両角先生には陸上競技部でお世話になったから、毎年、お正月過ぎに先生のご自宅に遊びに行っている。先生の好きなウイスキーを持ってくと、その場で宴会が始まるんだ。お土産のウイスキーが空になるまで続く……」

あっけらかんと話し出した遼君の、屈託なく明るい表情は高校の時と一緒だ。

「奥さんがおつまみを作ってくれるんだけど、美味しくて——先生に羨ましいですって言ったら、お前もそれなりの年だし、早く結婚しろ、って言われた」

——遼君は独身らしい。

ワンポイント通過だ。翔太は細く長い息をした。瞳を閉じて〝よっしゃ〟と気持ちを整えた。

「先週の日曜日。お前、代々木公園にいただろ」

遼君の放ったその一言に、翔太は少し狼狽えた。あの日は渋谷のハチ公前から遼君をつけていた。美咲ちゃんが同棲したいと言っている相手を観察するため、後をつけていた。まさか、その相手が高校の時の同級生とは考えもしなかった。そういえば、代々木公園の芝生に大の字になって手足を伸ばしていた時に翔太は、マスクを外し、サングラスを取っていた。うかつだった……。

——遼君に見られていたに、違いない！

動揺を悟られないように、翔太は平静を装った。

たぶん遼君は、偶然に出会ったと思っているのだろう。「代々木公園にいただろ」は、ハチ公前からつけていたことは知らないとなる。〝よしっ〟。

「やっぱりそうか。遼かなと思ってその夜、両角先生に電話した」

首を縦に振った遼君は、ジョッキを口に運ぶと、残ったビールを飲み干した。と同時に振り向き「ダイナマ」と声を出した。翔太は、その動作を見届けると遼君の瞳を注視した。

「ところで。あの時一緒にいた女性は誰だ」

本日のメインイベント。このために今ここにいる。

翔太は遼君の目の動き、振る舞い方及びこれからの発言について、人生経験のすべてをつぎ込み、全知全能を以て観察しようとしていた。

「美咲さん。俺にとっては女神だ。母子家庭で育ったらしくしっかりした女性だ」

はにかんだ笑顔で話し出した遼君の胸の底にはどんな思いがあるのかを、翔太は考えた。

——勝負をかけた発言を思い描いた。

「女神？　どういう意味だ」

沈黙が続いた。何かを思案している遼君の横顔を翔太はじっと見据えた。

「昔からの言い伝えがある。結婚する相手とは赤い糸で結ばれている。俺はそんな気持ちだよ」

遼君の瞼が経時的に垂れた。

——視線を外した翔太の両肩がゆっくりと下がった。

遼君は公立高校の三年間、陸上競技部に所属し、三年時には千五百メートルでインターハイに出場した。飛び抜けた運動能力と真面目過ぎない性格もあってクラスの人気者だった。

当時、翔太は遼君に対して少しの憧れと尊敬の念を抱いていた。インターハイ予選会を兼ねた地区大会に備え、朝夕、毎日グラウンドでトレーニングを積む姿を目にしていたからだ。二年生の時、地区大会を勝ち抜き最終選考会まで進んだ遼君は、最終レース、わずか、コンマ数秒ほどの差でインターハイの出場を逃してしまった。切符をつかみ取る寸前で、手の平からそれが零れ落ちてしまったのだ。一年が過ぎ、今年こそは切符をつかみ取る。遼君のこの執念はすさまじく、さして仲が良いわけではない翔太にまでその思いは伝わっていた。

今年こそ手に入れる。自身でコントロールできる範囲を精一杯の努力で取り組む姿勢と熱い思いは、クラスの中にも染み渡っていた。最後のチャンスをつかみ取るために、ストイックに自身を追い込む遼君の姿を身近に見ることは、翔太にとっても大切な時間となっていた。はっきり言うと〝羨ましく思った〟。自身の目的のため、遼君は朝も夜も前向きに励んでいる。その姿は、何となく毎日が過ぎている翔太とは異なるタイプだ。恐れずに言うと、自己投影していたのかもしれない。もし、自分がその状況にあった場合にどうするのかだ。〝俺だってきっとできる〟。

今思うとそんなことを考えていたのかもしれない。クラスのある二階の窓から、グラウンドにいる遼君のトレーニング姿をいつも眺めていた。

共通の趣味もなく特に親しい間柄でもなかったが、「毎日の練習、ご苦労さん」と声を掛けると「まあな」とニタニタしていた遼君の顔が昨日のことのように思い出された。当時と比べ体がひと回りほどふっくらとしていたが、はにかむような笑顔はそのままだった。

翔太がここにいる目的は、遼君の美咲ちゃんへの思いを聞くことであった。たぶん、その目的は正確に達成した。

翔太は、二匹のペットと暮らしていること、職場にもペットルームがあり一緒に出勤したり、休日は公園の散歩と食事の用意をしたりで、充実した毎日を過ごしていること、タクシー会社で働いていることを話した。

一方、七十五歳の遼君の父、中御門創一さんは最近物忘れが多くなってしまい、病院で検査した結果、認知症の初期段階との診断を受けてしまったと言っていた。姉夫婦には子供が一人いて、実家に近い市内のマンションで暮らしていること、遼君も父親を心配し実家のある八王子から四谷の会社に通勤していると話してくれた。

社員が二十名ほどの規模の探偵事務所で働いていて休日が取りづらいようだ。食品偽造調査、浮気調査、企業依頼の特定人物調査などが主な仕事で、遼君は三件の調査をしていると言っていた。興味本位もあり翔太はその内容について聞きたかったのだが、依頼主の守秘義務違反になるからとやんわりと煙に巻かれてしまった。

高校時代の友人たちの話題が遼君の口から出てくると、翔太の心は懐かしさで満たされた。陸上競技部の顧問の両角先生から情報を得ているらしい。

音信不通の同級生が、今何をしていてどんな悩みがあるのか、ほろ酔い加減の翔太の胸の内は懐かしさでいっぱいになった。卒業後の十七年間は圧縮され、当時の思いが込み上げてきた。

――翔太は中御門遼に会えたことが何より嬉しかった。

5章 馬車とハヤブサ

四谷の前と同じ喫茶店。

遼君と二人だけの夕食会。

「聞いてほしいことがあるんだ」と遼君が設けた飲み会だった。

翔太は美咲ちゃんの母親である桜子さんの、心配している思いを話そうと思っていた。

「申し訳ない。遅れちゃった。御免」

待ち合わせ時間に少し遅れて現れた遼君は、少し息が上がっているようで、呼吸に合わせ肩が動いていた。

「歩いてくればよかったのに。俺は暇なんだよ！」

メールだっていい！と思うと翔太は何だかおかしくなった。テーブルの上のコップの水を一気に飲み干した遼君は長い息をした。聞き役に回るはずだったのだが、はじめに翔太が切り出した。

額に噴き出している遼君の汗を見て話し出した。

美咲ちゃんの母親が翔太の仕事仲間で、家を出たいと言っている娘さんのその動機が、同棲と聞いて不安を掻き立てられていること。さらに知り合ったきっかけについても不安を募らせていることを話した。娘さんの同棲予定のお相手がどんな人なのか知りたい、と持ちかけられた翔太は、自身も美咲ちゃんを案じていたため、何かしらの行動を起こすべきと思い立ち、デートの当日、美咲ちゃんの後をつけて、そのお相手を見定めようとした過去のいきさつもそのまま話した。

屈託なく微笑む遼君は、うんうんと大きく頷いた。

目の前のビールをゴクリと音を立てて飲み込むと、「美咲ちゃんのお母さんが心配しているのは当然だ。いつかお目にかからねばと思っていたんだ」と大きな声を出した。

遼君のショルダーバッグの中の携帯が小さな音を立てた。

「ちょっと、御免」と言って話し出した。

表情は一瞬に変わり真剣な目付きになった。

「急用ができた、家に帰る。おふくろからの電話だ。認知症のおやじが行方不明になったらしい。家の中から消えてしまった。近所の人たちが協力して家の周りを探してくれたらしいが、見つからなかったようだ。俺も探しに行く」

そう言うとバッグを肩に下げ足早に出て行った。

「心配だ！」

髪の毛の中にいるのみのガッキー君と、サングラスのグッキー君は同時にささやいた。ビールを飲み干した翔太の携帯に連絡が入った。

『今日は御免。また今度』

――謝ることではない。自身の父が今どのような状況なのかを考えたら、俺に連絡なんか入れなくてもいい。心配する先は自身の父だ。

翔太は目を閉じて遼君の気持ちを考えた。

「僕たちも協力しよう」

サングラスのグッキー君の声は震えている。

翔太も直ぐに同意した。

携帯に入力した。

『俺も遼のおやじさんを探すの協力する。どうすれば良い？』

『これは、おれの家族の問題だ。翔太に迷惑をかけられないよ』

『俺、今、暇なのよ。暇を持て余している。遼が困っているのなら協力したい』

『俺のおやじを知っているのか？　顔が分からないのなら協力といっても何もできないだろ

う？』

『顔は知っている。少し前、俺のタクシーに乗車してもらった。高齢者ホームになじめずに実家に帰るのよ！とお母さんが話していた。送迎依頼の時に、中御門って珍しい苗字だから聞いたんだ。遼君とは高校の時、同じクラスでしたって言ったよ』

『不思議な縁だ。そんなことがあるのか！　申し訳ない、だったら協力してほしい。本人は夕食の買出しに行くつもりで、迷子になってしまった。近くのスーパーとコンビニは、ご近所さんが協力して探してくれて、見つからなかった。たぶん最寄り駅の西八王子周辺でふらふらしていると思う。おやじは現金の持ち合わせがないから、たぶん電車には乗っていない。俺、今新宿駅だよ、先に行っている。西八王子駅まで来てくれ！』

『俺もこれから向かう。きっと大丈夫だから落ち着いて探そう』

『俺はいつも冷静だよ。心配はご無用。元、陸上競技部所属だよ』

『それは良かった……』

「落ち着いて探そう。ガッキーとグッキー頼んだぞ」

　翔太は思いを巡らせた。

〝最寄り駅の周辺でふらふらしている〟この遼君の思いは違う。タクシーの中での会話で「電車に乗るといつもワクワクする」と創一さんは言っていた。

電車の中にいる。

直ぐに喫茶店を出ると翔太は人気のない場所を探した。街路灯が暗闇を照らし出し家路を急ぐ人が沢山見えた。横断歩道の横には大勢の人が集まっていて青信号を待っている。翔太は反対方向の裏通りを進み、狭い路地を抜け人通りのない場所を探した。

誰もいない小学校の脇に入り込んだ。

柴犬のグッキー君がとぼとぼと歩き出すと尻尾が発光を始めた。ブラウンヘアーが光ったり止んだりを繰り返し一定のリズムで輝いている。お尻から腰、胴の周辺へとその光は進み頭部を包んだ。全身が光に包まれると、その輝きは次第に強くなった。キラキラと輝くグッキー君は二本の後ろ足で立ち上がり、前足を重ねて何かをささやいた。

シュッと音がして馬車が現れた。

白毛のチワワのガッキー君は宙に向かいジャンプした。すると後ろ足から腰、胴体、前足、頭部とみるみるうちに大きくなり馬のサイズになった。――真っ白な巨大チワワが暗闇の中に出現した。ガッキー君はキョロキョロと周辺を観察した。すると瞳が変化した。まん丸の黒目が透明感のあるブルーになり、風になびく三角の耳が筒状になってピンと立ち上がった。首回りがスリムになるとウェーブのかかった〝たてがみ〟が現れた。腰から大腿部は張りのある筋肉が盛り上がり、はがねの胸部が出来上がった。真っ白な毛の中から翼が生まれた。翼が厚く大きくなるに連れ、支える筋肉はムキムキに発達し、どこまでも駆け抜けていく威風堂々とした白馬が登場した。

「出発するよ」

ガッキー君の声が聞こえている。翔太が乗り込んだ馬車を引き連れて白馬は上空に向かった。

眼下には、まばゆいばかりの光がキラキラと跳ねていた。道路の車列が四方八方に幾何学的模様を描き、フロントライトはゆっくりと流れ止まる気配はない。その上部には高速道路を移動中の車のテールランプが見えた。赤く光る帯状の光は循環する血液に見えた。建物の光は上へ上へと立体的に積み重ねられて高さを競い合っていた。

馬車は西八王子駅の上空に到着し、駅前広場の後方に舞い降りた。沢山の人がいたが誰も振り向く人はいない。遼君のメール連絡から十分くらい経過していた。

「駅の周辺にはいない」

馬車のグッキー君が断定した。

チワワに戻ったガッキー君は「電車の中を探してみる」と言って、今度はハヤブサに変身して暗い空にフワリと飛び立った。

ハヤブサは電車と同じ速さで飛んだ。八王子方面から新宿に向かう電車の横を舞った。

最後部の車両からひとつずつ前の車両へと進み車内を見定めている。ガッキー君は大きな声で言い放った。

「この電車にはいない」

上り電車の車両内には沢山の人がいた。着席している人、吊革を握っている人、背を向けている人。下り電車の混み具合と異なるとはいえ、シートの空きはほとんどない状態だ。ハヤブサが見ているのは創一の雰囲気。活動写真を高速で回しているその中からたった一人の男性を探している。群衆の中、混み合う車内の人の中から遼君のおやじさんを探している。

きっといる。電車の窓の横を高速で飛ぶハヤブサは、先頭の車両まで駆け抜けた。

この電車にもいない、と先の電車に向かった。

その電車は駅に停車中。ドアが開かれると下車する人、乗車する人が沢山いた。車内から湧き出てくる人を一瞬にして見定めると、ハヤブサは速度を緩めずに飛んだ。

翔太を乗せたグッキー君の馬車もハヤブサに寄り添い上空を進んでいる。

数台の電車を追い抜いた。翔太は祈った。

――無事に見つかってほしい。

西国分寺駅をハヤブサが通過した。掘割の駅に停車中の電車の横の幅は狭い。速度を緩めずに電車の窓すれすれを飛んだ。先頭車両まで進むとハヤブサは旋回し、上空に舞い上がった。

「五両目の後方にいた」

「了解！」

それを聞いた馬車は上空から駅のホームに舞い降りた。


売店とほぼ同じ大きさの馬車に振り向く人はいない。先を急ぐ人たちには何も見えない。

ホームの前方にはどこかのパレードから抜け出してきたかのような、お洒落なキラキラと輝く馬車がじっとしている。階段を上っている女性の背中が見えている。抱っこされた赤ん坊は両手を振り上げてこちらを見ている。まん丸の瞳が馬車を見ていた。

翔太は馬車を降り立ち電車の内部を見回した。高校生らしき数名が学校名の入った大きなエナメルのスポーツバッグを床に置いている。

遼君のおやじさんはシートに着席中。ジーンズに薄手のコートを着て、右手に手さげバッグを持っていた。

翔太はその前に立つと急いで携帯を取り出した。

『発見。おやじさん。今西国分寺駅。新宿に向かっている』

すると、直ぐに返信があった。

『上り電車？　俺、もうじき国分寺駅に到着する。ホームで待っている』

八王子方面に向かう中央特快の中で遼君は返信した。

『了解。五両目だ』

駅のホームから電車の窓越しに翔太を見つけた遼君は、電車のドアが開くと同時に落ち着いた足取りで創一さんに向かった。

「なんでここにいるの？」

遼君は破顔一笑の表情だ。膝を折り、着席中の創一さんの左右の膝に両手をあて、目線を合わせた。

「そう言われても……よく分からんよ」

盛んに首を捻り何かを考えている様子の創一さんは、小さな声を出した。

「無事で良かった！」

ほっとした遼君は、ゆっくりと息を吐き目を閉じた。

「無事で何より！」

翔太も肩を下ろした。

遼君は何も問い詰めなかった。答えのない父の行動に対しては何も聞かないことが思いやりなのだ。

創一さんは病気のため、その思いやりさえも分からなくなっているかもしれない。

誰だって病気になりたいわけがない。

仕方がないことは世の中にいくらでもある。その中のひとつと割り切っている遼君の胸の内を思うと、翔太はいたたまれない気持ちになった。

――「こうあるべき」「なんでこうなる」のは、通用しない。

どうしようもないことだと、割り切る強さが必要なのだ。


帰り道。

翔太を乗せた馬車は、澄み切った夜空の中を移動している。星が沢山見え、遠くには赤いタワーとビル群が輝いていた。

「良かったね！」

大きな体にサラサラの立て髪が風に揺れていた。白馬になって先頭を進んでいるチワワのガッキー君は振り向いた。

「遼もほっとしただろう」

翔太は白馬の後ろ姿を見つめた。

「ご家族もきっと安心したよ」

グッキー君の馬車からも声が聞こえた。

強い風に車体はガタガタ揺れた。

二匹と一人は……〝お腹が空いた〟〝早く帰りたい〟〝夕食のメニューは何にしようかな〟そんな思いを巡らせていた。

眼下には街灯が道路に沿ってポツポツとつながっている。住宅地には都心と異なり平たい光が輝いている。高度を少し下げ、道路沿いに馬車は進んだ。緑色の高木が鬱蒼と広がりを見せている。その昔からあった樹木。横にむくりの屋根が見えている。お寺の建物だ。

しばらく飛んでいると、どこからともなくフワフワした灰色の霧が馬車を包み込んだ。

遠くまで見渡せた視界が一気に狭まった。

馬車はビリビリと細かな振動を始めた。翔太は、グッキー君の馬車に何かの異変が起きつつあると感じた。

「二人とも、大丈夫？」

翔太は前方で羽ばたいている白馬と、がたついている馬車に声を掛けた。

「今、僕らは巨大なエネルギーに包まれている。それが何なのか分からない」

白馬は長い首を振り周辺を見回した。

「何かがいる。見えないけど直ぐ近くにいる。呼吸している音だ。ゴーゴー、とこもった低音が重なって聞こえる。空飛ぶ大蛇か！」

霧状の物質がさらに濃くなってきた。

二匹と違い翔太には、緊張感はそれほどない。何も聞こえないためだ。

キラキラとした馬車の中で変わりゆく景色を眺めている。

「いつだって俺はガッキーとグッキーの味方だよ」

共同生活者の二匹を心配そうに見つめた。濃く霧状の物体が馬車を覆っていた。

どこからか、かすれた声が聞こえてきた。

「私たちは創一さんに命を与えていただいた者だ。焼け落ちた木箱を手にしてから半世紀にわたり、創一さんは私たちを元の姿に復元しようとしてくださった。宮大工の高度な経験と技術を生かし、様々な方法で回復させようと試みて、今、私たちは生まれ変わることができた」

グッキー君の馬車の前に青い光がポツンと見えた。

霧状の物体は竜に変わった。青い光はその瞳に重なった。

「君はタクシーの中にあった木箱に彫られていた竜……」

翔太は小さな声を出した。

「数日前。タクシーの中でご一緒させていただいた。その時私は、この三人とはいずれ向かい合うことになると感じていた」

切れ長の穏やかな瞳は語りかけた。

「三人って、誰」

「ドライバーの翔太さん。メガネのグッキーさん。のみになっていたガッキーさん」

「よく分かったね」

「私たちを侮ってもらっては困る。直ぐに分かったよ。その時、私は創一さんに何かあった時にきっと守ってくださる人たちだと確信した」

「君たちが確信するのは自由だが、僕らには何もできないかもしれない」

翔太は反論した。

「私たちの回復が、良からぬことに発展しなければいいな、と考えていたのだが、そうもいかないようだ。私たちを創造した女王がいる。その女王がこの星を植民地にしようと考えている。何としても防がねばならない」

「冷えた人たち？　タコのような……」

「そうだ。女王の兵隊たちだよ。彼らは人間には想像もつかないような能力がある。侮っては駄目。私たち、青い竜と赤い竜だけでは創一さんを守ることはできない」

「創一さんはどうやって君たちに命を吹き込むことができたのかな？」

「それを今説明することは難しい。一言でいえば執念だよ。女王の持つ魔性の力を上回った執念だ」

「創一さんは物忘れの名人……」

「思いが強かった。だからこそ私たちは今ここにいる。創一さんを守りたい。私たち青い竜と赤い竜は創一さんの元に帰る。ガッキー君がハヤブサになって創一さんを見つけてくれたことにとても感謝している。翔太さんとグッキー君もありがとう」

グッキー君の馬車に寄りかかっていた霧はどこへともなく消え去り、再び遠くに新宿の夜景が見えてきた。

上蓋を開くと冷気が溢れ出す底なしの木箱。クラゲのような生物が探していた木箱だ。

翔太には二匹の竜の住む奇妙な木箱から解放された安堵感が芽生えた。


アパートの上空に差し掛かると、下方に赤色灯を灯したパトカーが見えた。三人の警官が車外に立ち、何やら話している。

「どうやら、留守のようです。玄関のチャイムを鳴らしても何も反応がありません」

幸田警部補は小田切署長に向き合った。

「近くのコンビニに買出しに行っているのでしょう」

そう言って、加藤警部は翔太の住む部屋を見た。

「彼の商売道具のタクシーもここに駐車している。しばらくここで待つことにする。木箱を盗んだ容疑で任意同行を求める」

小田切署長は冷ややかな目を周りに向けた。

背筋が凍り付いた。自身の置かれている立場を把握した翔太は一瞬にして青ざめた。

「彼らは俺を捕まえようとしている。木箱を探すために！」

遠くの星の生物は警官の体に潜んでいるに違いない。

「グッキー、警官が帰るまでこのまま様子を見よう。人間に乗り移り、意のままに人を操る生物に捕えられたらどんな拷問が待っているのか。考えたくない！」

警官を見て、翔太は恐れた。

小田切署長は二人の警官に話した。

「半世紀前に活動を止めた木箱が、最近になって蘇っていると女王がおっしゃっていた。今になって活動を始めた理由が女王には分からないようだ。半世紀ほど前、移住地を探すため探索に出た調査隊に女王が授けたシッターが——その万能の木箱。しかし、何かの原因で調査隊が全滅してしまった。その時に携えていた木箱も消えてしまった。女王は木箱に住む二匹の竜たちに何度も問いかけたが、返事はなかったようだ」

「この星に女王の大切な木箱を一瞬で破壊するような兵器があるとは思えない」

幸田警部補の冷めた声が言った。

「不思議なのは、半世紀経った今、木箱が復活した理由だ。あの木箱は女王が作り出したもので、他の者が蘇らせる方法を知るはずがない」

加藤警部の声が感情なくささやいた。

しばらくするとパトカーは消えていた。馬車の中から下方を見た翔太は嘆息した。

「やっと、いなくなった。ガッキー、グッキー。帰ろう」

馬車はゆっくりと動き出し、地上に舞い降りた。


照明のスイッチはオフのまま翔太は台所に立った。勝手知ったる配置。お鍋、フライパンは薄暗い中でも迷うことなく取り出せる。冷蔵庫から鶏肉を取り出すと、加熱したフライパンに落とし込んだ。ジューと美味しそうな音が聞こえている。肉からにじみ出ている脂が熱に反応している音だ。

「美味しそうなにおい。お腹がぺこぺこだよ」

ガッキー君とグッキー君はキッチン前のカウンターにちょこんと並んでお座りし、うつろな視線はフライパンの中の鶏肉に向かっている。

よだれがダブルでぽつんと落ちた。

背後でカタンと音がした。翔太の背筋が緊張で縮み上がった。

誰もいないはずの背後にはっきりした気配があった。息づかいが背後から聞こえている。

キッチンカウンターの上のガッキーとグッキーは全身の毛が瞬時に逆立ち、低く構えている。二本の前足は弓なり、後ろ足はくの字、反撃の体勢だ。

鋭い目をした幸田警部補が背後に直立しているのが見えた。

フライパンがガタンと床に落ち、翔太の首に両手が巻きついた。

幸田警部補はぐいぐいと力を加え、翔太の体は宙に浮いた。景色はぼやけて意識は急激に薄れている。

二匹は力の限り吠え出した。

「ワウワウ。やめてくれ！」

翔太を助けようと二匹が飛びかかる直前におかしなことが起きた。

翔太のシャツの胸ポケットに折りたたまれていた革製の封筒が勢い良く飛び出し、すばやい速さで空中を一回転し、加速した封筒は弓矢のような速さで幸田警部補の鼻の頭にぶつかった。

「ウワーッ」

床にガタンと倒れ落ち幸田警部補の口から泡が飛び散った。

手紙は再び舞い上がると冷蔵庫の横で静止した。中から糸のような物体が抜け出ると、仰向けで倒れている警部補の口の中に入って行った。その物体は一定の速度でとめどなく体内に入り込んだ。

幸田警部補の眼球は突出した。

黒目がぐるぐると回っている。

お腹はデコボコ波打っている。

しばらくすると顎がグッと持ち上がり口が大きく開かれ、その中からあの生物がにょろりと飛び出してきた。頭部が円転して抜け出ると胴部が続き、細く長い脚が続いた。床の上をうつ伏せ状態で六本の手足を使って前に進んでいる。窓側に向かい慌てている様子だ。

続いて糸が幸田警部補の口の中から飛び出すと、居間の蛍光灯の横で円を描いた。その糸はらせん状になってクルクル回転している。金属製のスプリングに見えた。先端が矢のような速さで生物を追った。糸は生物に巻き付いた。頭部から胴体、脚部に何重にも巻き付いている。生物は居間の床にカタンと倒れ落ちた。

ガッキー君はキッチンの中で倒れている翔太のお腹の上に飛び乗ると、ジャンプを繰り返した。

「しっかりしてくれ。ご主人様ー」

涙声が聞こえている。

グッキー君が翔太の顔のあたりを強い力で舐め回すと……。

胸が大きく動いた。

正気を取り戻した翔太の目の前には、糸巻きにされたあの生物が横たわっていた。全身は白色から真っ赤に変色した。

ギュ・ギュ・ギュと締め付ける音が聞こえている。

糸がさらに強い力で体に食い込むと、生物の荒い呼吸が止んだ。

ボンッと鈍い音と共に、その生物は消えた。

床に落ちている宛先のない封筒と手紙を翔太は拾い上げた。

どこかの星の生物を退治したのは紛れもなくこの手紙だ。以前『譲渡は不可……』と書かれていたあの手紙が、胸のポケットから舞い上がり敵を打ちのめして翔太を助けてくれた。恐る恐る手紙を開くと、書かれていたはずの文字はなかった。頼りないヒラヒラした革だ。

「変だな」

声に出すと直ぐに文字が蘇ってきた。

『危なかったですね』

次が現れた。

『でも、もう大丈夫です』

床の上の糸、あの生物に巻き付いてやっつけたその糸が手紙に文字を描いた。

ゴクリと翔太の喉が鳴った。もし、これがポケットになかったら今頃どうなっていたのかと考えると寒気がした。

「うーん」と、床の上から声がした。

「ここは、どこですか?」

室内をキョロキョロ眺め幸田警部補はゆっくりと立ち上がった。

「僕はどうしてここにいるのかな」

何度も首を振り周辺を確かめている。目はとろんとして焦点が合っていない。ポカンと口が開いている。

「僕がここにいる理由が分かりませんが何かあったのですか……署に戻ります」

口を結び、幸田警部補は玄関ドアを開けて出て行った。しばらくすると、窓の外からチャリチャリと自転車の進む音がした。


「こんばんは!」

入れ違いによく知った声が、扉の向こう側から聞こえてきた。

「今日は色々とありがとう」

遼君だ。急いで玄関ドアを開けた翔太の前に、脇にダンボールのビールケースを抱えた遼君がいた。

「狭苦しい所ですが、どうぞ。ゴホゴホ」

翔太は首元を手で押さえながら招き入れた。夢から引き戻された気分だ。額に大きな汗を浮かべて、わざわざ来てくれた遼君を見ていると、さっきの出来事がきっと夢なのだ、そう翔太には思えてきた。

「これ、感謝の気持ちだよ。受け取ってくれ！」

大きなダンボールを居間のテーブルの上に置きニコニコしている。

翔太はコップいっぱいの水に氷を入れ、遼君の胸元に押し付けた。

「今日じゃなくてもいいだろう？」

時計の針は十一時。翔太は本心でねぎらった。

「まあな、でも今日中に届けたかったんだ、ビール。お前、明日仕事だろ。直ぐ帰るよ。ひとつ教えてほしい。なぜ、俺より早く駅に着いておやじを見つけることができたのか聞きたかったんだ」

四谷で連絡を受けて遼君は最短時間で帰路に就いたはずだ。残された翔太が自身より早く、それも上り電車にいるおやじさんを発見したことを不思議に思っているらしい。

「車で最寄り駅まで行ったからだ」

翔太は直ぐに答えた。

「タクシードライバーはいつでも最短距離と最短時間を頭の中で導くことができる」

「やっぱりな。そうだと思ったよ」

遼君は絨毯敷きの居間の床に座り込むと、正座して両手を床につき目線を合わせて二匹のペットたちに微笑みかけた。

「今日は翔太に助けてもらった。ワンちゃん、俺はとっても嬉しい」

ガッキー君とグッキー君は並んでお座りすると、ワンワンと小さな声で応じた。

「きっと、夕飯が遅くなってしまっただろう。君たちにはこれを持ってきた。罪滅ぼしだよ」

そう言ってポケットからドッグ専用のチーズを取り出した。遼君は翔太ご主人の帰宅時間が遅くなってしまったことを気にしている様子だ。

二匹は互いに顔を見合わせると、ワンワンとまた応じた。二匹が笑っているのが翔太には分かった。グッキー君が馬車になり、ガッキー君がハヤブサになって探し出したとは言えなかった。もし、ペットたちが人間の言葉で挨拶していたら本当のことを話したかもしれない。翔太はそう思った。

「俺の両親が高齢者ホームから帰る時に、翔太のタクシーに乗ったのが運命だった」

遼君のおやじさんとおふくろさんが翔太と出会っていなければ、行方不明のままだったかもしれない。

「おやじを見つけてくれて、ありがとう」

偶然の出会いに遼君は心から感謝していた。

「この写真見てほしい」

翔太は携帯を取り出すと、二枚の写真を選び遼君に見せた。

木箱だ。遼君の父の創一さんと母の志保さんが翔太のタクシーに乗車したその日の夜、車のトランクにあった木箱だ。一枚目には赤い竜、二枚目には青い竜が写っている。写真からでもその見事な、神秘的な彫りが分かる。六本の手足、爪、頭部から背筋に向かう曲線、今にも飛び出してきそうな力強い目。

真剣な瞳を向けた遼君は竜の写真を拡大した。

瞳が大きくなり、胸の鼓動が高鳴った。

「あれ！　青い竜と赤い竜が——直っている。俺がおやじを高齢者ホームに送って行った時には未完成だった。でも、この写真の木箱は綺麗に修復されている――なぜ修復しているのか？　認知症が進んでいるおやじに修復できるはずがない」

遼君の瞳は鋭くなった。

この写真をどこで撮ったのかを尋ねる遼君に、翔太は曖昧な返事をした。

遼君のおやじさんに高齢者ホームから調布駅まで翔太のタクシーに乗車いただいた後の体験談を、今語るのは難しい。きっと木箱にとっては何かの意味があったのだ。先ほどの馬車の中での出会い……夢の中の出来事かもしれないけれど。

「この木箱はどんな人が作ったのだろう。今にも動き出しそうな表情をしている」

話題を変えた翔太に対して、遼君は再び携帯の写真に目を向けた。

「この木箱はおやじが東北で宮大工の見習いをしていた時に、海に浮いているのを持ち帰ったと言っていた。それからライフワークが始まったんだ。八王子に引っ越してきてからも続いていた」

――ライフワーク？

「二匹の竜の上半身が焼け焦げていて、それを修復しようとしていた。元の姿に戻したいと、いつも言っていた。居間に座り、畳の上に木箱を置き見つめていた。誰が作ったのかも分からない作品に対して、意地があったのだろう。俺、気が小さいから触ったことがなかった。今にも飛び出してきそうで気持ちが悪かったんだ」

　ガッキー君はワンワンと床の上から小さく吠えた。

「この写真を見ると、焼け落ちていた部分がきちんと修復されている。肩から腹部、太い腕と爪、誰が直したんだろう？　かれこれ半世紀の間、おやじが修復しようとしていた木箱だよ……認知の症状が出てきた頃、日常生活の記憶が飛び始めた頃、よく分からない忘れてしまった、が口癖になっていた頃、おやじは、記憶が薄れ行く不安に苛まれていた苦しく辛い頃でも、無意識に木箱を取り出して、にらめっこしていた」

　遼君は真剣な顔だ。

「なぜ、完成したのか俺には分からない。おやじにできるはずがない」

　写真を最大に拡大して注意深く青い竜を観察している遼君は首を斜めにし、険しい目になった。

　翔太は何も話さなかった。

　修復したのは遼君のおやじさん以外にない。それを今言ったところで遼君が納得するとは思えなかったからだ。

「俺、そろそろ帰る。長居しちゃったよ。御免」

　渋く微笑むと居間のドアを開けた。

ベッドの横の目覚まし時計は日付が変わろうとしていた。

「駅まで送ってく」

翔太はタクシーの鍵を取り出そうとした。

「その必要はないよ。今日はおやじを見つけてくれたお礼に伺ったんだ。送ってもらうのは忍びない。俺は元陸上競技部だ。少しばかり体型が変わったけど、まだまだ走れる。駅まで三キロくらい。十分で着く。翔太は明日の仕事に備えてくれ」

玄関ドアの横で握手を求めてきた遼君に翔太は頷いた。

「ここはグラウンドじゃない。暗いし歩道も狭い」

遼君の手を両手で握り返した。

窓から見える走っている後ろ姿は、みるみる小さくなった。

居間の真ん中でガッキー君とグッキー君は顔を見合わせた。

「気さくな人だ」

「感謝の気持ちを伝えたいとはいえ、わざわざこんな時間にビールとチーズを持ってこなくてもいい」

「あいつらしい」

微笑んだ翔太は缶ビールの入ったダンボールを見つめた。

「――いい子ね！」

ほっとして、にっこりした桜子さんは翔太を見つめた後、天井を見上げ深呼吸している。

会社の昼食時間、コーヒーを片手に翔太は昨日の出来事を話した。行方不明になった遼君のおやじさんを翔太が見つけ出してくれたことに感謝して、その日のうちにそれも夜中にダンボールのビールケースを抱え、翔太のアパートまで訪ねてきたと聞いて、桜子さんはそう言った。

「私が一番気にしていたのは、遼君の人柄なの。今日翔太さんから良いお話を聞かせていただき、遼君の人柄がはっきりしました。不安な気持ちはすべて消えました。先行きはよく分からないこともあるけれど、二人の船出を祝福して、見守ってあげようと思う」

翔太も嬉しくなった。今時点で遼君の女性遍歴は不明のままだが、それは桜子さんにとって小さなことのように思えてきた。

「いい奴ですよ」

翔太も目じりを下げた。

この数日前からおかしな現象が始まっていた。夕暮れ時になると西の空に赤色と青色の大きな雲が輝いているのが見えた。どこまでも広い空に茜色の西日を受けた雲がポツンと二つ浮かんでいる。雲自体はもくもくとした輪郭なのだが、中央部分が赤と青の色で明るく発光していて、端部に進むに連れてその色は薄くなっている。厚くなったり薄くなったり、大きくなったり小さくなったりして形を変え漂っている。夕焼雲の間を、風に流されず意志があるかのようにじわりと移動している。

ネットにはそれぞれの場所で撮影した、数えきれないくらいの写真が毎日アップされている。東京タワーで撮影しました、富士山の五合目で、奥多摩で、葉山で、房総で、上高地で、軽井沢で、……一種の社会現象と言ってもいい。朝の情報番組でも、時々、美しく発光している二色の雲が取り上げられている。

「今日は八十歳の母の誕生日」

ケーキを持った女性がホテルの中庭で微笑んでいる。

後ろに二つの雲が揺れていた…… 〝おめでとうございます〟。

「ただいま食事中」

どこかで合宿中なのだろう。ユニフォームを着た沢山の学生が、グラウンドで山盛りのご飯を紙皿に乗せて笑っている。

後ろには低く漂う雲がいた……〝俺にもちょっとくれ〟。

気象学の専門家もコメントしている。

「わけが分かりません！　雲の動きと風の向き……風に流されず高度設定も思いのまま。自由気ままな散歩雲が、今日も行く」

決まった時間ではないが、暗くなるとその雲は、どこへともなくふわりといなくなってしまうのだ。


青い竜はささやいた。

「今日の散歩はとても楽しかった。あたりも暗くなったからそろそろ帰宅しようかな」

――南方には果てしなく広がる大海原が見え、月が顔を出した。

その駅は地下化されていて、特急や急行の停車駅ではない。天井の照明がホームを照らし出している。ホームの先端の先には地上に向かうトンネルが暗く斜めに続いている。地上に続くそのトンネルの先には円形の穴がポカリと空いて薄暗い光が見える。月の光が地上を照らし、その光がトンネルの先にポツンと見えている。

そこは地上とトンネルの接合部。

ホームの中央付近から見ると長く伸びたトンネルの先にある小さな穴。決して手の届かないおとぎの外界がその先に広がっているかのようだ。真っ暗なトンネルの先にほのかな光がポツンとある。昔、子供の頃に出会った山の中にあるトンネル、向こう側の別世界に向かってひんやりした暗い道を歩き出しても、怖くなり途中で引き返してしまう。そんな穴がぽかりとあった。

電車がやって来た。

地上から地下化されたホームに向かい、電車がトンネルの斜面に沿って弧を描きながら下っているのが見えた。先頭車両のライトが二つくっきりと見えた。最後部はぽかりと浮かんだ穴を通過した。ガタンガタンと一定のリズムで侵入している。停車する気配はない。ホーム手前で水平状態になった電車は勢いを増しホームを駆け抜けようとしている。

「ママ。髪の毛が絡まっちゃった」

背中に小さなリュックを背負った三歳くらいの子供が、よちよち歩きの弟の前にいるお母さんに長髪のフィギュアを差し出した。

二人姉弟。

「どうしたの?」

それを見て目尻を下げたお母さんは、体の向きを変えてその子供と向き合った。フィギュアの髪の毛の一部が、束ねているゴムからはみ出して歪になっている。背負っているバッグに擦れてしまったのだろうか、子供心に綺麗に整えてあげたいと思った。長女は直してほしいと母親にお願いした。

中腰になって屈み込んだお母さんは、髪の毛からそっとゴムを抜き、髪の毛をセットし始めた。くし代わりに右手のツメを立て丁寧に撫でている。一方のよちよちと歩き出した子供は、ホームの上を一歩また一歩と進んでいる。手に持った玩具からチャリチャリと鈴の音が響いている。後方からその小さな音を一気にかき消す大きな音が近づいてきた。

運転士は迷わずに緊急停止ボタンを押した。

前方には小さな子供がいる。体の半分はホームの端部を超えて歩行している。

「内側に向かって歩きなさい。たのむ！」

同じ年頃の子供がいる運転士は両手を力の限り握りしめた。見開いた目はまっすぐ前を見ている。瞼の裏に妻と子の顔が浮かんだ。

〝ホームの内側に向かって進みなさい〟この運転士の願いを無視するかのように、その子供はゆらりと線路側に向かった。

その電車のはるか後方、たった今、最後尾が突き抜けた、ぽかりと空いた穴。月光が見えるその穴から、強く輝く青い光が見えた。トンネルの中は渦を巻いた青い光でアッという間にいっぱいになった。

ホームの中央付近にある硬い椅子には、片手に杖を持った一人の男性の姿があった。その人はホームの縁から電車の通過ゾーンに向かい頭から倒れていく小さな子供を見た。視界の手前には、耳を劈《つんざ》く轟音と共に鋭い速さで通過しようとしている電車が見えた。

喉元が固まった。

青い光は電車を後方から巻き込んだ。ホームの明かりで照らし出されている電車の側面を覆い、先頭車両に向かい一気に駆け抜けた。

杖を持った男性は、子供と電車が重なる直前に目を閉じた。

運転士は車体にぶつかってしまった子供が、勢いを増し前方に飛び出していくのを見た。張りつめていた肩の力が床に落ち、全身が宙に浮いた気がした。

瞼はゆっくりと目を覆った。

お母さんは電車のブレーキ音を後ろに聞くと脇を閉めて固まり、前に崩れ落ちた。

その小さな男の子はきらきら輝く都心を見ていた。

高層のビルディングが林立し、点々とした光が無数の小さな窓から見えている。宝石をまき散らしたパノラマ。道路を移動している車列から前方を照らす光が、数珠つなぎになってゆっくり動いている。お母さんが読み聞かせてくれた絵本を実体験しているかのようだ。夢の景色に見入っている。

遥か上空に浮いているのだが、少しの不安もない。

特等席から前面に広がる夜景を見ている気分だ。

小さな体を支えている大きな爪を両手で撫でた。上を見るとごつごつした鎧を纏った青い竜がいた。瞳が出会った。子供は嬉しさのあまり瞬時に両足を屈伸し、にっこりした。

青い竜はお腹にある袋にその子供を大切にしまった。

一万キロ上空に停留している宇宙戦艦をめがけ、青い竜はスピードを上げた。

風を切り裂き上空に舞い上がった。大きな流線型の塊が成層圏を抜け、その先にある暗黒の空間に向かった。後方遠くに小さくなった地球が輝いて見えた。

母船はひっそりと浮かんでいた。

竜はその後方から近づくと内部に侵入した。

「待っていたぞ。我々と一緒に女王の待つメロウ星に帰ろう」

司令室に舞い降りた竜に向かい長官は言った。母船の中央付近にある司令室には、ぞろぞろと乗組員が集まっている。女王の宝物、伝説の竜の姿をひとめ見ようと生物は集合している。その数は二百を超えていた。中央では圧倒的なボリューム感と威厳に満ちた態度で竜が対峙している。

「地球の生物を連れてきたのか。さすが手際が良い。女王も喜ぶだろう」

牢屋に連れていけ、と長官は周辺にいる隊員に向かって顎を振った。手を上げた数人の生物が子供に向かい進んだ。それを見た子供はよろよろと竜に向かい、その大きな前足に手を掛けて声を出した。

竜の尻尾は大きく揺れ、周辺の宇宙生物をすべて吹き飛ばした。

「その子供に手だしは無用。俺様の大切な友人だ」

部屋に大きな声が響き渡った。

「この子は毎日成長している。貴様たちのようにコピーされた生物ではないのだ。思考が停滞し、感覚を忘れ、女王の命令に従うだけの者とは違う」

「女王。聞こえるか」

大きなモニタに向かい、敵意を含んだ艶のある声が母船いっぱいに轟いた。

「はい。よく聞こえてますよ」

ソプラノの声が聞こえた。

「半世紀ぶりに再会できて嬉しい。突然、生命信号が消えてしまい心配していたのよ」

穏やかな物言いだが、女王は青い竜が以前のように自身のコントロール下にあるのか、それとも違った価値観を身につけてしまっているのか、とても不安だった。どんな冷酷な命令でも忠実に遂行する意志とエネルギーが、画面に映し出されているこの竜にあるのかが分からなかった。

モニタに映る竜は、女王のしもべのままなのか？

「今から半世紀前、我がメロウ星の調査隊を地球と呼ばれている星に送り込んだ。その星が植民地としてふさわしいのかを調査するために派遣したのだ。しかし、突然、音信が途絶えてしまった。調査隊に何らかの異変が起き全滅したようだった」

一瞬の変化も見逃すまいと神経を研ぎ澄ました女王の目は、竜を直視している。

「私が魂を注入したつがいの二匹の竜と隊員たちが乗った船が瞬時に破壊されてしまった。地球の生物が強力な兵器を使い、私の部隊を葬り去ったとしても、二匹の竜、私の子供たちは生きていると信じていた。今、再会できてとても嬉しい――」

青い竜は何も言わずモニタに映る女王を見つめた。半世紀前の問答無用の命令口調な物言いとは違っているようだ。

一方、女王は前面に映っている竜が、どの程度の回復具合なのかを推し量っている。

「俺の体にどんな力があるのかは、女王がよく知っているだろう」

青い竜は挑むような目を向けた。

「……お前を見ていると元に戻ったように見える。何が起きたのか。生命信号が突然途絶えて半世紀、自力で再生したとは思えない。誰かが手助けしたはずだ。しかし、低知能な生物にできるはずがない。不可能だ」

メロウ星の司令長官室、女王の刺すような視線がモニタの中の竜に向かった。

「低知能な生物と言ったな」

竜の鋭い眼光がモニタの中の女王に向かった。

長い年月をかけて創一さんは試行錯誤を繰り返し、二匹の竜を再生した。木箱に向かうその熱意と真剣な眼差しが竜の記憶に蘇った。

ぐらぐらと沸き上がる怒りを抑え、竜は司令室いっぱいに巨大化した。押しつぶされた沢山の生物は変色して消えた。自身の力を誇示するかのように竜はモニタの前でゴーッと低く大きな声を出した。その振動は司令室の床、壁、天井に伝搬し、母船全体に伝わった。

あまりの恐怖に内部にいる生物はハッと息を止めた。

それを見た女王の目は鋭さを増した。と同時に腹の中から寒々しく重苦しい感情が湧き出てきた。どのようにもコントロールできたはずの竜が、今、自身の意志を持ち、女王ですら想像できない信念を身につけ、力強い気迫が内在している。

「お前を再生したのはどのような生物なのだ？」

「女王には関係のないことだ。言うつもりはない」

「私と同等な能力を持ち合わせているとなると、生かしておくわけにはいかない。直ちに処刑する。教えなさい」

「ふふふ。言わんよ」

「赤い竜はどうしている？」

「その質問に答える義務はない。ほっといてもらいたい」

「お前と同じ考えなのか。地球にいるその強者は赤竜にも意志を植え付けたのか。どうやって……」

つるりとした女王の眉間に深く皺が刻まれた。

「私はお前の創造者だ。命令に従いなさい」と女王。

「昔のことは、記憶にない」
青い竜は言い切った。

地球という星を征服する作戦を女王は思い浮かべた。メロウ星の宇宙戦艦と大切な木箱がひとつ。太陽と地球の間に沢山のウロコ粒子を拡散させ、地球の気温を低下させるのは、女王の命令ひとつで可能だ。しかし、拡散させたところで青と赤の二匹の竜がそれらすべてを除去してしまうだろう。つまり、はじめにすることは二匹の竜を葬り去ること。コントロールできる二匹の竜、ビロードとパープルがいる。
戦いを仕掛けるのか、やめるのか。女王は思案した。

青い竜はお腹にある袋に男の子をフワリと包み込んだ。特等席から見える宇宙の景色にその男の子は改めて目を輝かせ、口元を緩め、グッと息を吸い込んだ。宇宙戦艦を飛び立ち成層圏を抜けて地上に舞い降りる過程は、夢のような出来事で神話とファンタジーの世界であり、お母さんが昨日読み聞かせてくれた絵本そのままだった。ミステリアスな暗黒の中に存在感を訴えるキラキラと光る無数の星が窓から見えた。

しばらく飛行すると、月に照らされた山々が小さく見え、さらに進むと地上の家並みや道路を移動する車のライトが目に映ってきた。そこは男の子がよく知っている場所だ。

竜はある家の前でチャイムを押した。

6章　回り始めた歯車

居間にある木箱。この家の家宝と言っていい。創一さんが情熱を傾け長い年月をかけて作り直した木箱。半世紀前と同じ紫紺の風呂敷が丁寧に八折にたたまれて下面に敷かれている。創一さん、志保さん、遼君。皆眠っていた。

暗闇の中で二匹の竜は会話した。

「女王の元に戻るのはやめようと思う。俺たちに魂を注入してくれた創一さんには感謝しかない」

「この星は人も自然もごちゃごちゃしていて、居心地が良さそうよ。でも、女王に連れ戻されてしまうかもしれない。心配だわ」

赤い竜はまっすぐに青い竜を見た。

「昨日、母船に行ってしっかりと言ったつもりだ。戻るつもりはないと。しかし、メロウ星の絶対的な支配者を説得できたのか——自信がない」

青い竜が首を傾けた。

「女王は今までに沢山の星を植民地として征服してきた。この地球はとても魅力的に見えると思う。女王はどうするつもりなのかしら」

赤い竜はささやいた。

「もし、戦が始まれば俺たちが戦う。勝つか負けるかは、やってみなければ分からない。賢い女王に立ち向かうだけさ」

青い竜は微笑んだ。


次の日。

創一はダイニングの椅子に腰掛けると、直ぐに腰を上げた。何かを思い出したのだ。

ゆっくり立ち上がるとテレビに向かいスイッチをオンにしてチャンネルを選んでいる。

その動作を横で見ていた志保は背筋が熱くなるのを感じた。ひたひたと込み上げてくる高揚感を抑え込むことができなかった。瞳から熱いものが湧き出てくるのを抑え込む術がなかった。

最近、創一はテレビと無縁の生活だった。過去の記憶が薄れ、昨日の出来事を思い出せなくなると同時にテレビとの関係は薄れていった。記憶は今がすべてであり過去からの継承は出来ない……誰も好き好んでそうなるわけがない。過去の記憶がなくなってしまう悲しさは当人以外誰にも分からないし、当人にとってはこの上なく辛く恐ろしいことなのだ。

己の人格が自身の経験と願望により成り立っているとすると、過去の記憶が無くなることは、経験を忘れ願望を忘れることで、それは己の人格が消滅してしまうことに等しい。つまり、自分が自分でなくなってしまうのだ。何を大切にして、何を成し遂げようとしているのかが、忘却の彼方へ消え去ってしまう――

〝嫌だ〟といくら叫んでもどうしようもない――

しかし、今、創一は認知の症状が出てくる前のように、自然な動作でテレビをオンにして好みのチャンネルに合わせている。

「そうか」

「これは心配だ」

「へえー」

盛んに独り言を発している。何かが創一の記憶に働きかけているのだ、と志保は考えた。創一の認知の症状が改善されるのか、進行が緩やかになるのか、それともこのままなのかは分からない。しかし、今、志保は創一の何かが変わってきていると感じた。

キッチンの食器棚の前に立った志保は下段の扉を開いた。小さな箱を取り出し流しの横に置いた。

中にある急須を取り出した。志保にとっては宝物の一品。十年ほど前に宮大工の棟梁が、精一杯の技術と魂をつぎ込んで志保のためにと作成した急須だ。腱鞘炎と医師から診断されて、お茶を入れるのにも難儀している志保の姿を見かねて創一がこしらえた急須。陶器でなく木製の軽い急須だ。

当時、手がけていた寺院の改修のため全国各地から集めた木材の中で、〝これだっ〟と創一が決めた香りと綺麗な木目の木材の端部を家に持ち帰った。その日の夕方から作業は始まった。工具を使い丁寧に作り込んだもの。数日後、志保は完成品を痛みのある右手で持ち上げた。

「――軽い」

はっきりとした記憶ではないが、言ったのはそれだけだった。しかし、鮮明に志保の記憶にあるのはその時の創一の態度だ。――緩んだ瞳で精一杯に照れていた。唇は真一文字に結ばれて無言のまま雑誌を見ていたが、雑誌は確かに逆さまだった。その時、志保は胸の奥から嬉しさが込み上げた。

〝ありがとう〟十年前の思い出は……頭の中に忘れずに留めている。

今、お盆に二つの湯呑と、魂の急須を置き、志保はテーブルに向かった。

急須をぐるりと回し、湯呑に注いだ。

視線がテレビから外れた創一は志保を見て、にっこり微笑んだ。

「俺の作品だ」


築半世紀のアパートの一室。

ガッキー君とグッキー君、翔太。二匹と一人は、さして広くない1LDKのアパートでチラ見暮らし。

グッキー君は相変わらずお祈り中。サッシを全開にして、ブツブツと小さな声が聞こえている。

「網戸してくれよ」

翔太の不満の声が聞こえているはずだ。小さな虫が宙を舞っているのだが動く気配はない。

ガッキー君はスースーと寝息を立てている。翔太のベッドの上、この定位置にフワフワのフリース地のタオルを敷き丸くなっている。

「気持ち良さそうに寝息を立てているけど、そこは俺の寝る所だよ」

横になりたい気持ちをぐっと抑えて翔太はキッチンに向かった。

同居人の趣味嗜好については、それぞれの方針を尊重している。ガッキー君の態度からは満足感が、そしてグッキー君の態度からは信頼感が伝わってくる……これがキズナか。翔太の表情筋が緩んだ。

それぞれの自主性を大切にして領域に深く入り込まない。

同居の極意だ……一緒にいられるのならそれでいい。

カップにインスタントコーヒーを入れポットのお湯を注ぎ、ダイニングのテーブルの上に置いた。ミルクを入れてスプーンを回していると、どこからかやって来た封筒がテーブルの上でヒラヒラと舞っている。ダンスのステップのリズムで切れのある動きだ。右手を伸ばした翔太は青い竜からの手紙を見た。

『翔太さん、こんにちは。創一さんは高齢者ホームで友人ができたらしく、昨日、少し興奮して帰宅した。将棋で何度対戦しても負けてばっかりで悔しかったとか、今度こそリベンジするとか強気な発言を繰り返していたよ。楽しそうにしているのを見ると私も嬉しい。さて、深刻な問題が起きようとしている。

私たちは先日木箱を飛び出して富士山周辺の空を散歩した。さわやかな風の中、揺らぐ樹木と夕焼に染まる茜色の雲、遠くに見える海を上空から眺望していたその時、空の奥、遥か上空に黒色の粒が広がっているのが見えた。……女王が動いたようだ』

翔太の両隣には、ガッキー君とグッキー君が後ろ足立ちで、前足を胸の前に組み手紙を見つめている。いつの間にやって来たのかな？　翔太は手紙の内容と同様に不思議な思いになった。ちょっと見せてと前足で手紙をつかんだグッキー君が小声で話し出した。

「不吉な出来事が、今起きている？　でも、二匹の竜さんがいるから大丈夫だと思う。僕が馬車になっている時に感じた霧の持つエネルギーはとても強力に見えた」

ガッキー君も大きく頷いた。

手紙に文字が現れた。

『女王は偉大で執念深い。侮っては駄目。すでにいくつかの星を植民地として征服している。地球もそうなる可能性が高いかも……だよ』

「何のために征服するのか。すでに十分な数の星を征服しているのなら必要ないはずだ」

ガッキー君は正論を述べた。

『数の問題ではない。あるのは征服するという野望であり、女王の野望は果てることがない。困ったことだ。これから太陽光が減り地球の気温は低下する。緑の大地は消え、生物はいなくなるだろう。女王の命令を忠実に実行する二匹の竜、ビロードとパープルがいる。彼らは強力だ』

グッキー君は後ろ足立ち姿になって大股で翔太の横を往復している。前足を胸の前に組んだまま不快感をあらわにした。

「君たちが女王を説得すべきだよ。僕らには関係がない」

立ち止まり人ごとのように話した。

手紙に文字が現れた。

『説得は無理だ。そもそも他人の意見を聞くようなタイプではない。大事な要件の決定は、女王が自身で作成したＡＩと行っている。最適解を瞬時に導き出すＡＩと全知全能の女王が決定する。他人の意見はすべて無視だ』

グッキー君は語気を荒げて怒りを見せた。

「そこを何とか説得してほしい。君たちを作り出した人、いわば母親みたいなもんだよ。やればできるよ」

手紙に文字が現れた。

『スイッチはオンになってしまった。緻密で効果的な作戦を女王は仕掛けてくるだろう』

手紙は四つ折りになって封筒に入り込むと、その封筒は少しの煙を発してポンと消えた。

「そう言われても……」

翔太はこれから何をすべきなのか分からなかった。そもそも遠くの出来事で自身には何の関係もない。手紙に書かれていることだって本当なのかはっきりしない。おとぎ話のようで現実から乖離しすぎている。確かに青と赤の竜はいる。もし書かれていることが本当だとしても、行動を起こすべきは自分ではない。

「強力な力を持つ女王が行動を起こしたとして、それに立ち向かう人の選定を竜さんたちは間違えていると思う。僕らにはなす術がない」とガッキー君。

「ガッキーの言う通り」

グッキー君は翔太の反応を探り見た。

「僕らは僕らだ。何もできないし、何も変わらない」

二匹の眼差しを翔太は優しく受け止めた。

「食事の用意をするよ！」

襲撃

表参道のお洒落な街路を翔太は歩いている。

車道の両脇には大きな木が林立し、どこまでも続いている。

広い歩道を行き交う人たちの奥にはガラス張りの洒落た建物が立ち並び、店舗の中の品物は、これ見てくれと言わんばかりに存在を訴えかけている。行き交う人はテーマパークのパレードを見ているように微笑みかけている。慣れ親しんだ場所とは言い難く、環境に順応するのに戸惑った翔太の観察眼は、キョロキョロと動き出したまま停止する気配はない。

「こっちだよ」

翔太の前に立ちはだかり、両手を広げて翔太の視線を受け止めようとしている美咲ちゃんの瞳が大きくなった。

「……」

街と人の奏でる雰囲気に飲み込まれてしまった翔太の動揺を悟られている。視線はどうにも定まらないが、あえて隠す必要もないと翔太は構えた。

開き直ったその姿態を見ると、美咲ちゃんはフフッと微笑んだ。

そもそも今日翔太は、美咲ちゃんの要望でショッピングに付き合っている。依頼に対して誠実に向き合うことこそが役回りである。

遼君の誕生日の贈り物の財布を購入するためだ。その財布を男性が手に持った時のイメージの最終確認のために同行してほしいとの依頼だった。その意味が翔太にはよく分からなかった。別人物でいいのか？　男性なら誰でもいいのか？　中途半端な気がした。高価な財布なら本人が同行すべきとも思うのだが、それではプレゼントの箱を開いた時の当人のワクワク感を見ることができないため、男性なら誰でもいいという美咲ちゃんの意見に従った。翔太は誰でもいいと言われて少しの不快感が首をもたげたが、美咲ちゃんの真剣な面持ちに圧倒されてしまい、しぶしぶ引き受けることとなった。

翔太の休日はガッキー君とグッキー君との早朝散歩以外は予定がないため、気が進まなかったがOKした。今のみになっているガッキー君は翔太の髪の中を盛んに移動している。どうやら沢山の人の醸し出す喧騒に興奮しているようだ。グッキー君は「デートに相応しいおしゃれなメガネになる」とフレームの厚いカジュアルなタイプで翔太を飾り立てている。

目的の店舗の扉を開けると濃紺の制服を着た店員さんが横に着いた。

展示物が整然と陳列された室内は、さながら美術館のように見えた。

入口でキョロキョロしている翔太の腕をつかみ、美咲ちゃんは落ち着いた足取りでガラスケースの前に進んだ。

「これ見せてください」

弾けそうな声が聞こえてきた。

美咲ちゃんの要望は〝その日はジーンズでお願いします〟だった。財布を手に持った男性の雰囲気とジーンズのポケットに収まるのかを確かめた。印象とサイズ感に美咲ちゃんはにっこりしている。

その間わずか十数秒。翔太のパートは呆気なく終了した。

何だ、これだけか……と思ったのだが、それ以降の美咲ちゃんは、無言のまま手触りとか使い勝手とかの確認のプロセスが長く続いた。その横顔を見ていると微笑みの真ん中にある瞳は慎重な表情だ。少し先の未来にある遼君の顔を思い描いているように見えた。

翔太は遼君を羨ましく思った。

やがて十分に納得した美咲ちゃんは購入を決めた。

その後、街路樹の中、広い歩道をテクテクと歩いている翔太の視線は落ち着いていた。ガラス張りの喫茶店でコーヒーをオーダーした。

店内で休んでいると、テーブルの向こう側にいる美咲ちゃんの携帯が鳴った。

「ちょっと失礼します」と話し出すと直ぐに硬い表情になった。バッグからメモ帳を取り出し、何やら番号を控えている。

「遼のお母さんからの電話。遼が救急車で病院に運ばれたみたい。私も直ぐに行く」

「俺も行く。何があったの？」

翔太は聞き返した。

「誰かに殴られたみたい！　肋骨が何本か折れていて、今は安定剤で眠っているらしい。大丈夫だから落ち着いて来なさいだって」

病院にいるお母さんからの連絡だ。

「救急車で搬送されるほど殴られるなんて尋常じゃない。遼は高校時代インターハイ選手だ。逃げることだってできたはずだ。俺には信じられない」

翔太は地下鉄駅に向かう歩道を足早に進んだ。

西新宿病院の広いエントランスを抜け、翔太は八階にある個室の扉を開いた。

すでに遼君のお母さんと探偵会社の所長の鮫島がいた。

ベッドに横たわっている遼君の右腕には点滴の管が何本も差し込まれ、頭部と胸部には包帯が巻かれスヤスヤと寝息を立てていた。

検査の結果、あばら骨が二本折れて周辺に出血があること、脳内に出血はないこと、一週間ほどの入院になるとドクターから言われていることを鮫島が話した。さらに犯人を特定するために、警官が遼君の倒れていた公園の周辺の捜査を行っていると付け加えた。

遼君の母、志保は肩で呼吸している美咲ちゃんの両肩にそっと手を乗せた。最寄りの駅から病院まで小走りしたために息が上がっていた。

「鮫島所長さんから電話を頂いた時にはびっくりして、気が動転して頭が真っ白になっちゃったのよ。それで認知症のお父さんを長女のところに預けてから急いで来たの。でも、遼の顔を見たら安心した。今お薬で眠っているのよ」

お母さんは美咲ちゃんを気遣っている。まっすぐに美咲ちゃんの目を見て、自分に言い聞かせるようにゆっくりと話した。

「原宿でお義母さんから連絡をもらった時には驚きました。でも、遼の顔を見たら私も少し安心しました」

美咲ちゃんはにこりと頷き返した。

「どうしてこんなことになったの？」

翔太は誰に聞くでもなく声を出した。

「通り魔的な犯行だろう、必ず捕まえるって、警察の方がおっしゃってました。お任せしましょう。私はこれで帰ります。長女が心配しているので早く帰って安心させてあげたい。ついでに、認知症のお父さんも連れて帰らなければ！」

帰りの支度を整えているお母さんはライトイエローのお洒落なリュックを手に取った。

「病院からの電話があって、急いで遼の下着をこのお父さんのリュックに入れたのよ」

そう言って、ファスナーの先に結ばれている小さな御守を手の中に優しく包み込んだ。

「神社で買った厄除け祈願の御守。巫女さんに無病息災の御守をくださいと言った時に、〝誰かご病気なんですか〟って聞かれたから、隣のお父さんを指さし、この人が認知症なんですって答えたら、お父さんが突然怒り出したのよ……俺は物忘れが多いだけで認知症ではないって大きな声を出したんで、周りに沢山の人がいたし、ハイハイッて変更したのよ」

カラフルな厄除け祈願の御守がそこにあった。

「……」「……」「……」

皆、口を結び、大きく頷いた。

リュックを手に持ったお母さんが退出する後を追って、美咲ちゃんも廊下に出ていった。

「見送りはいらないから、遼を見守っていてね！」

廊下から温かい声が聞こえてきた。

病室内ではパイプ椅子を二つ組み立てて翔太と美咲ちゃんが遼君の顔を見つめている。ソファーに座っていた鮫島所長が「ちょっと聞いてもらいたい」と話し出した。

「先ほどお母さんが言った〝通り魔的な犯行だろう〟というのは違う。遼はある人物を尾行していた。その人物に襲われて、大怪我をした。これが事実だ」

ある人物とは調布中央警察署署長の小田切氏。

「公安調査庁の機密情報を管理しているある部長からの依頼だった。私の元上司で、内々に調べてほしいことがあると言って私の調査会社に依頼してきた。米国ＣＩＡの国防戦略機密情報とアメリカ航空宇宙局ＮＡＳＡが所持している特殊宇宙望遠鏡の最先端情報についてホストコンピューターにアクセスした者がいた。万全な状態のセキュリティを通過して侵入した。監視カメラの映像と指紋照合の結果、犯人は直ぐに特定された。その人物が調布中央警察署署長の小田切だ。公安調査庁は小田切が何の目的でその情報を得ようとしているのかを調べている。聞くところによると、彼は出世頭で優秀な警察官らしい」

鮫島は目を閉じた。

「もし危険な場面に遭遇しても、運動神経の良い遼なら逃げることができたはずだ。なぜこんなことになってしまったのか私には分からない」

肩を落とす鮫島所長の携帯が小さな音を立てた。

「これから参ります」と言って、携帯をＯＦＦにした鮫島は翔太を見つめた。

「今の連絡は公安調査庁の部長からだ。遼が襲われた場面が公園の防犯カメラに映っていたらしい。これからそれを見に行く。もし、遼が目を覚ましたらここに連絡してくれ」

一枚のメモを翔太に渡した鮫島は、ドアを開けゆっくりと病室を退出した。

しばらくして、ベッドに横になっている遼君が目を覚ました。

「うーん。ここはどこ？」

遼君の瞳に映っている美咲ちゃんがパイプ椅子から立ち上がると、布団の中の遼君の手をそっと握った。

「遼は救急車でこの病院に運ばれてきたのよ。でも、もう大丈夫」

優しく微笑んだ美咲ちゃんに遼は話した。「病院……俺、尾行中に港区の小さな公園で小田切署長に殴られた。強烈なパンチをお腹に受けて気を失ってしまった」と言ってお腹のあたりに手を置いた。〝痛い〟奥歯を噛みしめている。

肋骨が二本折れていることを翔太は話した。

「肋骨二本か。そのくらいの怪我で良かった。尾行していたあの時、小田切はしゃがみ込んで靴ひもを締め直していた。俺はさり気なくその横を通り過ぎた。直後に後ろから羽交い絞めされた。逃げようとしたんだけど、強い力で体を持ち上げられて抵抗できなかった。意識が飛びそうになり必死で抵抗した。肘打ちして逃げようとしたんだ。でも抱え込まれて殴られた。俺は意識が遠のいてゆく中、相手の目を見た。虚ろで、無表情だった。恐ろしくて声も出せなかった」

「通りすがりの人が叫び声を上げて運良く助かったのよ」

美咲ちゃんは両肘をベッドに乗せて遼君を見つめた。

胸部と腹部には包帯が巻かれていて、見るからに痛々しい。

「イタッ。少し動くと胸のあたりがチクチクする」

遼君はゆるゆるとした動作でリクライニングベッドの角度を調節した。

ショルダーバッグの中の携帯を取り出した遼君は署長の鮫島に連絡を取った。

「もしもし遼です――」

小田切のことを話している。

数分間話した後、電話を切った。

「明日の午後、小田切は公安調査庁に出張するらしい。鮫島所長は調布中央警察署から公安調査庁までの尾行を依頼されているようだ。俺は心配だ、小田切はきっと鮫島所長の尾行を感づくだろう」

ベッドの上の遼は浮かない顔で翔太を見つめている。

「心配といって何ができる。遼は尾行を見破られて小田切にやられてしまった」

言い聞かせるように翔太は言った。

「確かにその通りだよ。今日の尾行は二人で受け持っていたんだ。先輩の田島さんは地下鉄麹町駅に向かう地上階段ボックスの前にいてリレーする予定だった。俺はデニムとポロシャツ姿で小田切の後をつけていた。奴が公園に行ったのは尾行に感づいたからだ。襲われた時、俺は奴の気配を全く感じなかった。音もなく風のように背後から来た。まるで忍者だ……俺、鮫島所長が心配だよ」

「鮫島さんは遼より尾行がうまいだろう？　きっと大丈夫だよ。それに、視野だって遼より広いと思う」

翔太は根拠のない希望を口にした。

「小田切は直ぐに尾行を見破る。その後、人気のない公園に行って鮫島所長を襲う……」

こんな真剣な遼の口元を見たことがない。奥歯を強く噛みしめている。

「驚かないでね！　ここは病院だ」

どこからか声がした。その後に、ボンと音がした。

グッキー君がサングラスの姿から柴犬になった。髪の中にいたガッキー君もチワワになった。二匹の犬が現れた……。

美咲ちゃんの喉がゴクリと音を出した。

遼君の瞼はワイパーのように動いた。

「ガッキーとグッキー。どこから来たの？」

そう言って美咲ちゃんは腰高の窓と廊下に通じるドアを、首を振りながら交互に見た。

また、喉がゴクリと鳴った。

「僕はのみになって翔太の髪の中にいたんだ。グッキーはサングラスになっていた。僕は生き物に変化できるし、こいつは静物に化けることができる」

ガッキー君の話に誰も声を出す者はいない。美咲ちゃんは目をつむった。気を落ち着かせるために深い呼吸を繰り返している。

翔太とガッキーとグッキーにとっては、当たり前の日常なのだが、遼君と美咲ちゃんには、実演を伴うガッキー君の説明を聞いても、現実を受け止めるのは難しい。

「君たちは会話ができるんだね。でも犬、不思議だ」

遼君は恐る恐る声を出した。

クスッとした翔太は、過去のいきさつを述べた。

「遼のお父さんが迷子になった時に、高速で運行中の電車の中のお父さんを発見したのは、ハヤブサになったガッキーなんだよ。西八王子駅から西国分寺駅まで何本もの電車を追い抜きながら創一さんを見つけ出したんだ」

ガッキー君はテクテクと室内を歩き回り、ボンと小さな音を出して床の上でハヤブサになった。羽を広げ遼君の寝ているベッドに飛び乗ると〝キュロッ〟と声を出した。翼は左右に伸び白地に小さな斑点が沢山見えた。

美咲ちゃんは両手で顔を覆った。

イタタと大きな声を出した遼はベッドの上で体勢を横向きにし、目の前に佇《たたず》むハヤブサを不思議そうに見つめた。

「電車の中の沢山の人の中から認知症のおやじを見つけてくれたのかい?」と遼。

頷く姿を見て「ありがとう」。

そう言って、ベッドに仰向けになりゆっくりと目を閉じた。

「次はグッキーの登場だよ。よーく見ていてね」

翔太は微笑んだ。

「遼のお父さんを見つけるために、西八王子駅まで四ツ谷駅から十分くらいで到着した。その理由がこれだ」

　パチンと指を鳴らす翔太を遼と美咲ちゃんは、注目している。

　グッキー君は室内に円を描くように歩いた。三周目に差し掛かるとグッキー君の尻尾が発光を始めた。

　ブラウンの毛先がキラッと光った。クルッと丸まっている尻尾の先端が明るく光った。発光は少しずつ広がっている。尻尾から腰、腹部、首、頭部へと進み全身に広がった。呼吸に合わせて、光は強弱を繰り返した。ふさふさした毛先は金色に光り、呼吸と共に余韻を引きながらブラウンの地毛に変わる。

「イルミネーションみたいに綺麗」

　美咲ちゃんは目を輝かせている。

「後光が差している！」

　ベッドの上の遼君は両手を合わせた。

　正座し前足の肉球を合わせたグッキー君は、ぶつぶつと何かを唱えた。

　ボンと音がしてグッキー君は馬車になった。

　さして広くない病室の中に馬車がいる。とんがり帽子の馬車の屋根は、病室の低い天井を突き抜けているが、崩れ落ちる気配はない。木製のどっしりした扉がガラガラと音を立てて開いた。

美咲ちゃんはそっと中を覗くと「おとぎ話の部屋」と微笑んだ。

ポンと音がすると、馬車は柴犬のグッキー君に戻った。

遼君と美咲ちゃんは興奮していた。二人とも目がまん丸に見開かれて呼吸が荒い。

「かわいいワンちゃんがおやじを助けてくれた。僕は嬉しいよ」

起き上がろうとした遼君は胸に手を当て、顔を歪めている。イタタッと唇が動いた。

「あんまり興奮すると入院期間が延びちゃうよ」

美咲ちゃんは遼君を心配している。

リクライニングのベッドの角度を緩めた遼君は、天井を見つめたままため息をついた。「鮫島所長が心配だ。黒帯の小田切署長の繰り出す攻撃をかわすことはできないだろう」と言って胸に巻かれている包帯に手を乗せ、目を閉じた。

「せめて、僕の体調が万全なら先手を取って危険を回避することができると思う。でも、今の僕にできることはない……」

遼君の顔が歪んだ。

チワワのガッキー君はベッドの横にお座りして二本の前足を宙に向けた。背筋をピンと伸ばし前足の肉球を合わせて目を閉じた。ブツブツと声がした。

〝ポン〟と乾いた音と同時に、さして広くない病室の中に大きな白馬が現れた。天井にぶつからない角度に首を傾けて、青い瞳は真っすぐに遼君を見詰めた。

「僕が直してあげる」はっきりと声が聞こえてきた。

肩から伸びる大きな翼がパタパタと小さな音をたてると、床から風が舞い上った。

遼君の掛け布団がフワリと宙に浮いた。

白馬の透き通った大きな二つの瞳はパチッと音を立てた。

ベッドに横たわっている遼君にそっと近づくと、口元が緩み大きな舌が伸び、患部を優しくペロリと舐めた。

不思議なことに頭部と腹部に巻かれていた包帯が外れた。

傷口を縫っていた糸がスッと消えた。

遼君は両手で頭部から腹部にかけてぽんぽんと感触を見ている。

「キリキリとした胸の痛みがなくなった。治った感じだ」

そう言うと、瞳が大きくなった。

「明日、小田切の行動を監視しよう」

白馬の優し気な瞳はパチリと鳴った。

「ワクワクする」

遼君は両手で拳を作り、大きな息をして目を閉じた。

翌日の午後、私鉄で新宿駅に向かい地下鉄に乗り換えた小田切は、麹町駅で下車した。

鮫島は一人その後をつけている。

人通りの多い国道沿いの歩道を足早に歩いている小田切の首が動いた。その角度はわずかであったが、後方にいる鮫島は間隔をあけた。大通り沿いの小さな公園に小田切は入った。ここは遼が襲われた場所。歩道を一部拡張してその後方の敷地と合わせて作られた公園。両側には高層ビルが林立していて太陽の強い光はさえぎられている。緑で区画されている公園の奥にはブランコが並び、その横には滑り台と砂場がある。

中央あたりで小田切はしゃがみ込むと靴ひもに手を添えた。

ちょうどその時、奥側の歩道から十数人ほどの幼児が引率の三人の先生に手を引かれ公園にやって来た。誰もいない静かな空間が一気にワイワイ、ガヤガヤと騒がしくなった。子供たちは砂場に向かったり、滑り台やブランコに向かったりした。殺風景だった緑の広場が一瞬にしてにぎやかになり活力に溢れた。

しゃがみ込んだ小田切を追い越した鮫島の耳に、チッと声が聞こえてきた。

小田切はスッと立ち上がり、国道沿いの広い歩道に戻った。

レンガで区画されている公安調査庁の敷地の前に立つと、小田切は胸からカードを取り出し、門扉脇にいる二人のガードマンに提示した。ギーギーギーと音を立てて堅牢な鋼鉄製の大きな扉が開きその中に入った。

十二階建てのビルの前には公用車が回転するロータリーがあり、中央の芝地には、ヘルメットをかぶった二人のガードマンがいた。その横を小田切は胸を張って通過した。

小田切はレンガ造りの重厚な雰囲気の玄関を抜けセキュリティを通過し、ロビーを抜けエレベーターで五階のデータ室に向かった。

データ室には公安調査庁に関係する機密書類が保管されていて、このフロア全体でデータの一元管理を行っている。いわば、情報の本丸と言って良い場所だ。小田切は一次チェックを瞳孔と指紋で通過した。その奥には鉄格子の前に一人の門番がいた。

カードを提示すると門番はテーブル上のノートパソコンを見た。

「小田切さんですね。申し訳ございません。お通しすることはできません」

「なぜだ。先日は入室できた。今日も頼むよ」

革のバッグを床に置き、門番を直視した。

門番はパソコンの画面に赤字で書かれた小田切幸次郎の名を見た。

赤字は危険人物の表示で入室は不可。黒字の名前は入室可。黄色字は総務第三課に連絡し、その了解が取れた場合には入室が可となる。

「申し訳ございません。入室は不可となっております」

真剣な顔で向かい合った小柄な門番は椅子から腰を上げそう言った。

小田切の瞼が動き、両手が門番の両肩にそっと触れた。徐々にその間隔が狭まると両手を首に巻き付け力を込めてグイと持ち上げた。門番の両足は宙に浮いた。

とっさの出来事に門番は応援部隊を呼ぶボタンを押すことができない。右手が空を揺らいだ。目の前が暗くなり、意識が朦朧となった。両足はバタバタと小田切に向かって抵抗しているのだがその力は弱く効果的ではない。やがてその足は痙攣して動かなくなった。気絶した門番を床に降ろした小田切は、片膝をつき両手で門番の首を持ち上げ、自身の口を大きく開いた。

あの生命体が現れた。濁りのある白い頭部が縦長に変形して小田切の口からジワリと湧き出ると、胴体もグニュグニュと音を立てて回転しながら続いた。三頭身のクラゲのような生き物が現れた。細く長い手が四本、二本の足も細くヒョロリと宙に浮いている。その生き物は、気絶して床に大の字で横たわっている門番の脇に立ち止まり、口を上下左右、四本の前足を使って開き、自身の頭をグイグイと押し込んだ。頭部に続き胴体もニョロリと入り込んだ。

門番の目がパチリと開き、ゆっくりと立ち上がった。

直立した門番は拳をつくり、両腕を高く上げ「ウォー」と大きな声を出した。身震いを何度も繰り返した後、見開かれた目が鋼鉄製の扉を睨みつけた。強固なセキュリティを解除して内部に入った。

――馬車が現れた。

建物前の広いロータリーの中央にある芝地に馬車は現れた。その前方には、大きな翼をゆっくり上下に動かしている白馬がいた。二つの優し気な青い瞳が、横に整列している二人のガードマンを見た。

二人のガードマンは振り向かない。見えていないのだ。

翔太と遼君の二人を乗せた馬車は宙を駆け、玄関をすり抜け、五階のデータ室に向かった。データ室の鉄格子の扉が解放されて、中には人影があった。ダウンライトに照らされた薄暗い廊下には書類が散乱し、割れたコーヒーカップが転がっている。その横に小田切は仰向けになって倒れていた。

遼君は床の上で気絶している小田切の両脇に腕を回し後方に移動させた。大柄なため思いのほか手間取ったが遼君は全力で支えた。チクッとした鋭い痛みが胸に響いたが、今はそんなことを気にしている暇はない。白馬が治癒してくれたあばら骨の骨折はきちんと回復していなかったようだった。

翔太も中腰になって手を添えてサポートしていると、鉄格子の中の部屋から門番が現れた。門番の眼光は一気に鋭さを増し、敵意に満ちた表情になり、いきなり翔太に向かって突き進んだ。拳が翔太の頬を激しく打った。よろよろした翔太のシャツの首元を片方の手でつかみ取り胸元に引き寄せた門番は、他方の手を固めて翔太の顔に向けて振り上げた。門番の手を必死に抑え、翔太は自身の胸のあたりをトントンした。シャツのポケットから何かが勢い良く空中に飛び出した。密着した二人の周りを回転しながら加速した封筒は、門番の鼻の頭に激しくぶつかった。ドスッと音が聞こえ床の上に崩れ落ちた。

革の手紙がヒラヒラと舞った。

『もう大丈夫だよ』

翔太の前で文字が浮かんだ。その文字は手紙を抜け出し意識のない門番の口の中に、一気に入り込んだ。

門番の眼球が振り子のように左右に振れ、お腹のあたりがグニグニと上下左右に激しく動いている。

口が大きく開かれ、あの生物が這い出てきた。

肩が小刻みに揺れ、呼吸は荒く、目はキョロキョロと落ち着かない様子だ。

次に、茜色の糸が門番の口の中から飛び出し、クラゲのようなその生物を追った。糸の先端は鋭い速さで生物の体に巻き付いている。足、腰、胸のあたりを何重にも巻き付いた。

キュッ、キュッ、キュッと締め付ける音が聞こえている。

白色の体がピンク色から赤に変わった。ボンと音がして生物は消えた。

調布中央警察署署長の小田切は目を覚ました。

ウーウーと小さな声を出してゆっくりとした動作で立ち上がると、動きのない近傍を冷静に観察した。

誰も侵入できないセキュリティルームの鉄格子の扉が開いていた。

ネームプレートに佐々木とある門番がその前に大の字で倒れている。その横にA４の封筒があり、その中身を小田切は確認した。ＮＡＳＡの機密文書とＣＩＡのデータがあった。これは宇宙望遠鏡の性能に関するもの。地球植民地計画のためにマゼラン銀河第十七番惑星を支配する女王が探していたデータだ。

デスクの上のパソコンを見ると、自身の名前が危険人物を指す赤字で表示されている。

「俺は何をしていたのか？」

小田切は、眉根を寄せ、目をつむり自らの記憶を呼び起こした。しかし、その理由と真実に気付くことはできなかった。

赤と青の竜

「寒い。寒い」

創一さんはデイサービスの送迎車から降車した。あたりは大粒の雪が舞い、空はどんよりとした灰色で覆われていた。

雪が降りしきる中、奥さんの志保と遼君が出迎えた。

雪の積もった狭い歩道を夫婦二人が手をつないでそろりと歩いている。

「いつまでも仲が良いね」

遼君は後方から両親を見つめた。ポケットから携帯を取り出してビデオモードで二人を撮影した。家に帰った後、からかうためのネタ作りだ。微笑む母の横を歩いている父はピンと来ていない。

それを見た遼君は父、創一さんに声を掛けた。

「おやじ、今日は何をやったの？」

期待しているのは、朝から夕方までいたホームの出来事を順番に話せるのかどうかだった。

「さあな、どうもよく思い出せない。ああそうだ。将棋をやった気がする。勝ったか負けたかは忘れたよ。でも、楽しかった」

頭を傾けて話した創一に遼君は「良かったね」と声を掛けた。

数年前は腕の良い宮大工として、全国の寺院から改修工事の依頼がいくつも入っていたが、認知症の診断が出て以来、遼君はそのすべてをお断りしている。

「発注時期を延期してでも、是非、創一さんに依頼したい。細部にまでこだわるその腕を見込んでお願いします――」「以前も創一さんに工事を引き受けていただきました。とっても気に入っています――」などとクライアントは追加の声掛けをしてくれる。その声を聞くたびに〝この人がおやじで良かった〟と思った。熱心に誘ってくださるのは、腕の良さだけではないはずだ。きっと人柄とかの人物を見てのことだと思うと、遼君の胸はワクワク感でいっぱいになった。

依頼の熱心さにどうしても断れない時には、「今、創一は認知症でお引き受けできない状況です」とそのままを話す。電話の向こう側からは、それ以上の追加の声掛けはない。しかし、その数日後に封書が届く。それを開くと綺麗に折りたたまれた手紙と、改修工事が完成した当時のさっぱりした寺院を背景に、笑顔の主人公の写真が添えられている。

『ご回復を心よりお祈り申し上げます』と結ばれていた。

遼君は創一にその手紙を読んで聞かせ、写真を見せる。するとその両方を手に取った創一は「これどこだ……」と首を捻り、目をパチパチして不思議な顔をする。

封筒の裏面にある住所と寺院の名前を大きな声で読み上げると創一は、「ホ～」と感情の薄い顔をした。

リビングルームにある食器棚の横に置いてある木箱の上にその手紙を置き、遼君は父の肩を揉みほぐした。

「本年は冬の到来が例年より三か月ほど早い」とテレビから聞こえている。

「まだ十一月というのに、家の前の歩道には雪が積もり固く凍っている。真冬でもこんなに寒いことはない」

遼君は最近の不可思議な気候に不安を感じている。

これは日本だけの現象ではなく、アメリカやヨーロッパからも低温化の現象が報告されていた。

木箱に住む赤と青の竜はその日の午後目を覚ました。ここ数日の気候の変化を感じ取り真剣な表情だ。

「気温が異常な速さで低下している。女王の植民地計画が開始されたようだ」

赤の竜がささやいた。

「創一さんを守りたい」

窓から見える寒々とした灰色の空を見て、青の竜は目を見開いた。

「今、気候が変調している原因は、地球の上空にウロコが拡散され、太陽光を遮断しているためだ。女王が気に入った星を植民地化するために使ういつもの方法だ。何としてもそのウロコを除去しなくてはならない」

赤の竜の喉がごくりと鳴った。

「今までに手に入れてきた星、植民地化した星に比べ、地球は圧倒的に大きい。かつてないサイズ感だ。ビロードとパープルがウロコを放出しているのだろうが、特別な何かが起きている」

木箱の中で目を閉じた青い竜はそっと長い息をした。

「メロウ星の女王はしたたかで、望むものはすべて手に入れてきた。彼女が何を考え、どのように行動するのかはよく分からない。しかし、今、我々は行動すべき時だ」

赤い竜は声を上げげた。

ガタッと音を立てると二匹の竜は、本棚の横に置かれた木箱を抜け出した。居間の窓から外に向かった。

あたりは大粒の雪が深々と降り続き、家々の屋根を厚く覆っている。道行く人は季節外れのコートを着込み、ゆっくりと足を前に出している。

上空に進むに連れて二匹の体は巨大化した。戦闘モードで立ち向かい必ず勝つ！

二匹の竜はスピードを増した。この戦いに勝利することが創一さんを守ることになる。

決意を秘めた二匹の竜は目を見開いた。

赤色と青色の二色の流線型の飛行体が、大粒の雪が舞う空に駆け上がった。

灰色の厚い雲を超えると、上空は一面秘色の澄んだ空になった。下方に見えるはずの台地は厚く不穏な雲に覆われている。二匹の龍は並んで上へと進み大気圏を抜けた。

前方には暗黒が広がった。

二つの飛行体は、ポツンと浮いている青い地球を回った。

周辺には圧倒的な数のウロコが地球を覆っている。

ひとつひとつのウロコの間隔は図ったように正確な距離を保ち立体的に配置され、細胞分裂しながら個体数が増殖している。一つが二つになり、四つになり、八つになる。ウロコの集団は時間と共に厚みを増している。

太陽光はそのウロコに反射されて地球に到達することができない。

その数を女王がコントロールしている。

「俺たちに何ができるのか？」

赤と青の竜は女王にどこまで対抗できるのか不安な気持ちになった。どこまでも広がる無数のウロコが目の前にある。圧倒的な力の差を感じた。

赤い竜は大きな背ビレを揺らしウロコを拡散した。しかし、そのウロコは何事もなかったようにゆっくりと元の位置に戻っている。

次に五角形のウロコの中央に鋭利なツノでぶつかった。ピキッと音がしてウロコは粉々になって宙に消えた。効果を見定めたものの、周辺に浮かぶ数えきれないほどのウロコの数に二匹の竜は目が眩んだ。

分裂したウロコは前方に構え、さらに分裂しその前に位置取っている。

「女王はビロードとパープルに強い力を与えたようだ。昔に比べ、ウロコの分裂速度が速く、ウロコのサイズも大きくなっている。この状態を維持すれば、数か月後には地球は厚い氷に覆われて、吹雪が吹き荒《すさ》ぶ別世界に変わってしまう。女王の侵略計画を阻止するために二匹の竜を探し出し葬り去らねばならない」

ウロコが分裂を繰り返している様を見ながら、赤と青の竜は広大な宇宙空間に目を向けた。

目指す敵がどこにいるのか……。

広大できっかけすらつかめない。

その時、背後から二つの光が音もなく近づき、赤い竜の背をかすめ通過した。ビロードとパープルだ。前方に進みスピードを上げ上方向へ向かった。二色の光る物体は大きな弧を描き機敏な動きで前に進んでいる。紫の光と濃緑の光が重なったり離れたりしながら螺旋状に渦を巻いている。赤い竜の頭上を再び巨体が駆け抜けた。その大きさに圧倒された。記憶にある過去の体型とは異なり、数倍にも大きくなっていた。

「——驚いたか！　俺たちは身体も戦術も進化した。旧式のままのお前たちとは違う」

ビロードはゆったりとした動作で口を大きく開き、鋭利な牙を見せた。〝ゴー〟と、怒号を飛ばし青い竜たちを威嚇した。

「お前たちを葬り去るよう女王から指令を受けた」

ビロードの眼光が鋭くなった。

「俺の武器を――受けてみろ」

ビロードが大きな口を開くと、白色の光線が発射され一直線に赤い竜に向かった。速く、目が眩むほどの光だ。

――電光石火の一撃に赤い竜は何もできなかった。

腹部に入射した光は体を突き抜け、屈折し、反対側から抜けた。体内から白い液体が散った。

今までに経験したことがない強烈な痛みと熱さが赤い竜を襲った。

「ウーウーウー」

固まってしまった赤い竜に向け、再び白色の光線が襲った。

反転しその光を何とかかわした赤い竜の体は、静止したまま降下していった。周辺には焼け焦げた皮膚と肉が宙を漂っている。青い竜は気絶している赤い竜を前足でしっかりと支えた。ビロードは二匹の後を追って急降下すると、追い越して大きな弧を描きターンした。

「お前の番だ」

ビロードは青い竜に視線を向けて口を開いた。

白色の光が放たれると同時に青い竜は体を捻り位置を変えた。その光は体をかすめて暗黒の宙を一直線に抜けた。

「勝てないかも……」

青い竜はそう思った。バージョンアップした二匹の竜に恐怖を抱いた。圧倒的な戦力の差がそう思わせたのだ。

その時、自身の前足が痺れた。

ジンジンとした痛みが爪から腕を通り体全体に広がった。頭部の二つのツノも痺れている。青い竜は自身の体の異変にどうすることもできなかった。目の前には戦いを挑んでいるビロードがいる。強力な敵と向かい合わなければならない場面で、自身の体に起きた原因不明の出来事には構っていられない状況になっていた。

「いったい俺の体に何が起きているんだよ！」

青い竜はビロードに集中しようと呼吸を整えた。

青い竜に支えられている赤い竜に向け、ビロードは口を大きく開いた。顎の先端にある四本の鋭い牙がキラッと光った。

青い竜は自身の前足で気絶している赤い竜の頭部を庇った。ビロードが放った白色光線は暗黒の宙を一直線に目的に向かった。青い竜の前足に的中したその光線は、角度を変え、斜め後方に進むとスッと消えた。

前足は何事もなかったように健全な状態だ。

「なぜだ。反射されている」

ビロードは首を傾けた。この一撃で赤の竜の頭部を吹き飛ばし、さらなる優位に立つことを確信していた。しかし、放たれた白色光線は反射され消え去った。

「信じられん」

青い竜も自身の前足を見つめた。

その時、大きくなった二本の前足のツメがキラリと輝いた。

再度、口を大きく開いたビロードは青い竜の頭部に照準を合わせた。

白色光線は目的に向かった。

青い竜は、前足を自身の目の前に置き防御の体勢をとった。その光はツメに当たるとまた角度を変えて後方に消えた。

――なぜだ！　俺の攻撃が通用しない。

ビロードは胸の奥から怒りが込み上げてきた。

青い竜は不思議な感覚だ。

「俺の大きくなった前足は、女王が作り出したものではない。盾になって相手の攻撃を防御している」

そう確信した青い竜はビロードに向かった。

全速力で間隔を詰めた。

ビロードが放ったいくつかの白色光線は前足で受け流されて後方に消え去った。

半世紀前の旧式の青い竜が、攻撃を丁寧にかわしながら高速で前進している。

前方から急襲している青い竜に対して、数倍の大きさのビロードは脅威を抱かなかった。

「簡単に跳ね返してみせる」

敵意をむき出しにした目で青い竜を睨んだ。

ビロードは円弧に構えた。頭部のツノで敵の攻撃をはね返した後、鋭い速さで回り込み青い竜の小さな頭を噛み砕く作戦を立てていた。

宙に浮かぶビロードに向かい、青い竜が大きくなった前足を上段に構え全速力で突き進んだ。

的確にビロードの身体を通り過ぎた。

青い竜は速度を緩めず前方へ抜けると上に向かい鋭くターンした。

長く伸びた青い竜のツメは刃《やいば》となってビロードのツノと肉体を一瞬で切り裂いた。頭部のツノは割れ落ち、腹部は真っ二つに裂かれ、その間を黒い液体が滲んでいる。動きはない。

やがて、頭部を下にした竜は暗黒の宙に沈んでいった。


眼下では、意識を取り戻した赤い竜がパープルと対峙していた。

静止している赤い竜の周りをパープルがぐるぐると旋回している。

中央に構える赤い竜から一定の間隔をとり、円を描いている。水平方向に数回まわると垂直方向に向きを変えた。ウロコのない下腹部に攻撃を加えようと角度を変えているのか、攻め込むタイミングを計っているのか隙のない動きだ。

攻撃のパープルに対し、守りを固めている赤い竜。その時、ツノと二本の前足がキラリと輝くのが見えた。

体を翻した赤い竜は攻撃に転じるためパープルを追った。腹部には白色の体液が滲んでいたが、手負いの獣が力を振り絞り反撃している。間隔が詰まっていることを悟ったパープルは速度を上げた。赤い竜は必死に後を追ったがその速さについていけない。

距離は瞬時に広がった。

パープルは大きな弧を描き赤い竜の後方に回り込むと口を大きく開いた。白色の光線は赤い竜の直ぐ横を通り抜けた。体位を変え攻撃を防いだものの、次から次へと白色光線が放たれている。ウイークポイントの腹部に向けてパープルは照射を繰り返す。相手の弱点を突く攻撃を繰り返し、圧倒的な体格差で赤い竜を追いつめている。

赤い竜は体勢を翻して幾度となく白色光線を防御している。タイミングを正確に読み、瞬時の対応を繰り返している。

パープルは回転速度に強弱を加え赤い竜の腹部に向け照射する。

守りがずれた瞬間、パープルが放った光は赤い竜の体をかすめた。防御に徹するのみで攻撃に転じる余裕はない。

持久戦の様相を呈している。

「俺も加勢する」

青い竜は叫んだ。

「駄目だ、来るな。大丈夫だ」

赤い竜は大きな声を出した。

もし俺が赤い竜の立場だとしたら……青い竜は思考を巡らせた。

圧倒的な体力とスピードのある敵に対してできることは何か。

答えは見つからなかった。

相手の攻撃に対し、体位をずらしてかわすことくらいだ。戦況を見守っている青い竜は必死に思いを巡らせてみたが、何も浮かばなかった。

——俺が加勢したところで戦況は変わらないかもしれない。しかし、このままではまずい。

そう考えた青い竜はビロードの後方に回り込もうと位置を変えた。

「動くな」

防御一辺倒の赤い竜が、また声を出した。

守りに徹しているこの戦況下で、赤い竜は好機を見つけ出したのかもしれない。

——俺には、分からない何かを——。

この、あまりにも戦力が違いすぎる局面において、赤い竜には秘めた作戦があると青い竜は考えた。しかし、それを予想するのは不可能だ。もちろん難しい、けれどもその作戦が的中したら勝てる。

青い竜は冷静に戦況を見た。

「とどめを刺す」

パープルは大きな弧を描きながら赤い竜の斜め後方の位置から白色光線を放った。

その光は赤い竜の下腹部に命中すると背を貫通し上方向に抜けた。

動きは停止し、目が閉じられた。

一切の動きを止めた赤い竜に向かいパープルはゆっくりと近づいた。焼け焦げた皮膚が宙に散って、錆びついた色が漂っている。

閉じた目と口元。四本の牙が小さく見えた。

パープルは赤い竜の背に回り見下した。背筋に沿い頭部から腹部まで観察した。赤い竜は静止し、ただ浮いている。

その後、下方に回り込み上目で腹部を見た。そこには白色光線が的中した跡が見えた。黒く焼けただれ、体内から白い液体が垂れている。

目的を達成したことを確信したパープルは全身の筋肉が緩んだ。

女王に良い報告ができる。

赤い竜のお腹の下を、パープルの大きな頭部が通過している。

その時、赤い竜の目がギロリと開いた。大きな前足をパープルのくびれた喉元に巻き付け、他方の前足を強い力で振り下ろした。頭蓋骨から入ったそのツメは背骨を通過し、下腹部まで切り裂いた。黒色の水滴が宙に飛び散った。

パープルの時は止まった。

――終わった。

そう確信した赤い竜の目はゆっくりと閉じ、力なく首が垂れ沈んだ。

それを見た青い竜は急降下した。

動きのない赤い竜の体に六本の手足を巻き付けてしっかりと支えた。白色の体液が傷口から滲み出ている。

青い竜は腹部を密着させると一体になって速度を上げた。

暗黒がどこまでも広がる空間を抜け、青く輝く大地に向かった。

急須

最近、創一さんは元気がない。

楽しい時間を過ごせるデイサービスに行けないことが原因だ。大雪のため送迎車は運行を停止している。

「いつ、この天気は回復するのか？　一か月もこの状態だ」

独り言をささやく毎日が続いている。テレビから天気予報が聞こえている。

「ここ一か月の気温の推移はこのようになっています。気温は低下傾向にあり、回復の見込みはありません。交通機関のダイヤは乱れ、駅のボードには列車の遅延の表示が連なっています。飛行機は欠航していて再開に向けタイミングを見ているところです」

チャーミングなお姉さんの心配そうな声が聞こえている。

創一さんのもうひとつの心配は、大切に保管している書棚の隣に置いてあった木箱から二匹の竜がいなくなってしまったことだ。

「——どこに行ったのか。一か月もこの状態だ」

認知の症状があるにもかかわらず、心配そうに抜け跡を指でなぞっている。

毎日繰り返されている日課だ。


その日は創一さんを元気づけようと、遼君の発案で翔太と美咲ちゃんが家に集まった。厚手のニット帽とフリースのセーターは共に鮮やかな赤。ささやかなプレゼントを胸に創一さんは喜んでいる。

「心配しなくてもいつか戻ってきますよ」

黒色のフレーム眼鏡をした翔太は微笑んだ。確たる根拠があるわけではないが、彼らには何かの事情があるのだろうと考えた。以前、行方不明になった創一さんを探し出し、グッキー君の馬車で翔太のアパートに帰る途中に濃い霧の中で二匹の竜が話したこと――女王の地球侵略を防ぐ――を思い出していた。

「そのうち帰ってくる。気長に待とうよ」

遼君も声を掛けた。

――暖房のきいた居間の中をヒンヤリした風が抜けた。

――カーテンがヒラリと揺れた。

「おや……竜がいる。帰ってきてくれた」

立ち上がった創一さんは木箱を両手で持ち上げ、瞳を見開き微笑んだ。横にいた志保さんはパチンと両手を合わせて「良かったね」と大きな声を出し目尻を下げた。

遼君と翔太も立ち上がった。美咲ちゃんもキッチンから駆け付けた。確かに二匹の竜がいた。骨組み状態だった木箱に主が帰還している。崇高で尊い木箱が蘇った。

「竜がいる」

左腕で抱きかかえ、右手で木箱の表面をそっとなでた創一さんの瞳から何かが込み上げて溢れている。両手でかかえ直し「良かった」を繰り返し、上蓋に横顔を乗せ動かなくなった。その後ろ姿を見た遼君は満面の笑顔を浮かべ、右手で握り拳を作った。

美咲ちゃんも立ち上がった。

「私も見たい。お義父さん」

創一さんの横顔に向かいささやいた。

「うん、うん」

木箱を渡し、顔を上げた創一さんはソファーに背を預け、目を閉じ深く長い息をした。

「やっと……帰ってきた」

美咲ちゃんは木箱を胸の前から両手で上に何度も持ち上げ、にっこりした。「よかったね！お義父さん」

ソファーの前のテーブルに置かれた木箱を四人が見つめている。

「赤い竜の目が閉じている」

異変に気付いたのは遼君だ。木箱に近寄り、注意深く見つめた。

「お腹のあたりが焼け焦げて、黒くなっている」

横に位置している青い竜は赤い竜を心配そうにじっと見つめている。

創一さんは赤い竜の腹部をそっと触った。

「水滴が出ている。背中も傷ついている」

創一さんの右手の先を液体がつるりとこぼれ落ちた。

翔太の瞳が木箱に向かった。

確かに初対面の時と比べて赤い竜の状態が変わっている。身体には覇気がなく、存在を訴えかけてくるような力強い眼差しもない。皆、何も思いつくことはなく、この現状をどのように解釈すれば良いのかが分からなかった。

「傷ついている。体液が滲んでる、怪我してるんだ」

黒縁のサングラスから聞こえてきた。グッキー君のかすれた声だ。

「はやく手当てした方がいいよ。手遅れにならないうちに」

翔太の頭部にいるのみのガッキー君の歯切れの良い声も聞こえてきた。

「誰?」

美咲ちゃんは周りを見回した。人間の声でない声がどこからか聞こえてきた。

「誰かいるの?」

もう一度周辺を見回した。

「びっくりしないでくださいね」

生の声がコーヒーカップの置かれているテーブルのあたりから聞こえてきた。キョロキョロと瞳が移動した美咲ちゃんの口はへの字に変わった。その後、ボンッと音がしてチワワのガッキー君が登場した。熟練の手品師が見せる鮮やかさで颯爽と登場した。ソファーに腰掛けている美咲ちゃんはゴクリと息を吸い込むと両手で顔を覆い背中が丸くなった。

「僕が診察する」

チワワのガッキー君はテーブルの上に置かれた木箱の横に佇むと、クンクンと鼻先を近づけた。

人間たちは息を潜めた。

「赤い竜は怪我している。緊急に治療が必要だ」

尻尾はピンと跳ね上がり、真剣な瞳が木箱の中心に向かっている。

「治せと言われても……そのすべはない」

遼君は心配した。

そして振り向き、創一さんを見た。

「おやじ、出番だよ。何とかしてよ」

確かな技術と実績を持つ宮大工の父親を頼った。

「そう言われても、俺には分からんよ」

両腕を胸の前に組んだ創一さんは謝るような眼差しを木箱に向けて、険しい顔になった。

「大丈夫だよ。きっとできる」

遼君は引き下がらずに促した。

「俺だって何とかしたい……」

瞳を閉じた創一さんは、無念さに唇を噛み締めた。

皆、何もできなかった。

「出番だよ。ガッキー」

翔太は言った。

「ワン、ワン」

大きな声が聞こえている。チワワのガッキー君は気合十分だ。全身の白毛が逆立ち殺気さえ漂っている。

ガッキー君の尻尾の先端が発光を始めた。真っ白な毛先が鮮やかにピカついている。きらりきらりと波打ちながらその発光は体の中心に向かってゆっくりと進んだ。腰を通りお腹まで進んだ光は胸元から下方に進み、後ろ足と前足がピカついた。程なく肩を超えて頭部へと進み、全身が光に覆われると、光は呼吸にあわせ強弱を何度も繰り返した。

輝きはじわじわと強烈になり、ガッキー君は眩いばかりの光につつまれた。その光の中で両手を合わせ何かを唱えた。

シュッと音がして白馬が現れた。

さして広くない居間の中に窮屈そうに身を置いた。肩から伸びている大きな翼はサイドにピタリと張り付き、居間の低い天井に合わせ首を下げている。白馬は木箱に向き合った。

大きな二つの青い瞳を赤い竜に向け、ただれた皮膚をじっと見つめた。

白馬の口元が微かに動いた。大きく温かい舌が下腹部に触れ、竜の背中までゆっくりと移動した。

ここにいる全員の願いが込められた。

「回復してくれ……」

創一さんは拳を握りしめて、大きな声を出した。

「治ってほしい……」

美咲ちゃんは両手を合わせささやいた。

遼君は瞳を閉じた。

翔太は木箱の赤い竜を見た。

――変化はなかった。

白馬は繰り返した。

何物にも動じないオーラを纏った二つの青い瞳はまっすぐに赤い竜に向かったままだ。

――すると突然、変化は起きた。

下腹部には白い皮膚が蘇り、傷跡はじわじわと消えている。

背中の傷跡もゆっくりと修復され、ウロコ状の皮膚が形成されている。

赤い竜の全身に張りが広がった。頭部からお腹にかけてゆるぎのない曲線が復活し、手足には力感が戻った。ツメは小刻みに震えている。

瞼が徐々に動き出した。

瞳が左右に揺れ、呼吸と連動して鼻筋が盛り上がり、その後強い眼光が蘇った。

隣に佇む青い竜の頬が少し膨らんだように見えた。

「もう、大丈夫だ」

赤い竜の回復の様子を見て白馬は大きな声を上げた。その声は甲高くどこまでも響き渡り、余韻を残して消え去った。二つの青い瞳からポタンと何かが落ちた。

テレビがパチリと画像を映し出し、歯切れの良い声が聞こえてきた。誰かがスイッチを押したようだ。創一さんがリモコンを持っていた。

「今日はいいことがありそうだ」

ソファーに背を預け、両手を強く握り微笑んでいる。

テレビから女性の声が聞こえてきた。

「雪が止み、天気が回復傾向です。一か月以上にわたり冷え込んだ状況が変化しています。今日の空は雲ひとつなく晴れ渡っています。青空を見ているだけなのに、なぜか気分がワクワクしています。鎧を脱ぎ捨てたみたいに身軽になった気持ちです」

フリル袖のピンク色のワンピース姿でチャーミングな女性が柔らかに微笑んでいる。

「専門家に意見を伺いましたところ、原因は分からないとのことでした。でも、私はこのまま続いてくれって、手を合わせました」

その笑顔は弾んでいるように見えた。

美咲ちゃんは画面にアップで映し出されている女性と、テーブルの上に置かれた木箱を見つめて微笑んでいる創一さんの笑顔を交互に見た。丁寧に観察すると……、

「雰囲気が一緒。気持ちが通じ合う笑顔が素敵です」と大きな声で言った。

「そうね。そっくり」

　志保さんも同感の様子。

「晴れ渡った空と帰ってきた二匹の竜。こんなに嬉しそうに微笑んでいる顔を見たのは久しぶり。いい顔。お父さん、お茶を入れますよ」

　そう言うと、キッチンに向かい、あの急須を取り出した。腱鞘炎で陶器の急須を持ち上げられなかった妻のためにと、創一さんがこしらえた木製の軽い急須だ。

　居間のテーブルの周りには、お盆を手に持った志保さん、創一さん、遼君、美咲ちゃん、翔太がいた。

　チワワのガッキー君と柴犬のグッキー君は、年季の入った戸建て住宅の襖を開けた広い部屋の中で、ワンワンと舌を出して追いかけっこしている。

「この急須は俺が作ったんだよ」

　お茶の入ったその急須を手に取ると、創一さんは真剣な目付きになった。

「よく覚えているね。宮大工として沢山の寺院を改修した昔の仕事は忘れてしまっても、この小さな急須を作ったことは覚えている……」

　遼君は頭を傾けた。

「寺院は文化財で、江戸時代から続いている伝統工法で改修している。宮大工しかできない仕事だ。完成時には多くの観光客が足を止め、見たり写真に撮ったりしているのを、おやじは見てきたのだから記憶に留まるはずだ。急須はどこにでもある物で珍しくもない」

遼君は子供の頃から創一さんの仕事ぶりを知っている。神社の前で木材を加工している時に、どこかの国の人が不思議そうな顔をして、ずっとその作業のプロセスを眺めていたこともあった。

壁のコルクボードには沢山の昔の写真が画鋲で留められている。その中から一枚の写真を美咲ちゃんが取り出して遼君に手渡した。

「これはどこかの神社だよ。中央におやじがいて、その前に小学校に入学したばかりの俺がいる。大規模な改修工事が終わったからお祝いしようと誰かが言い出し、開催された竣工祭の写真だ。沢山の人がいて俺はびっくりした。地域のシンボルが綺麗になったと駆けつけてくださった人たちがいっぱい写っている」

遼君の大好きな写真のようだ。

「大切な寺院を改修する腕を持った宮大工がその経験と知識と技能を以て造り上げたもので、改修後には何千人もの人に見つめられる。こんな仕事に誇りを持っていた宮大工がその寺院を覚えていない……」

翔太は口を結んだ。

どこからか声が聞こえてきた。

「たぶん愛だと思う。仕事に対することと奥様を思う気持ちは違う。宮大工として残した偉業の数々よりも、志保さんを思って作った急須がとっても大切だったんだと思う」

美咲ちゃんは木目の綺麗な急須を手に取り、やさしげな眼差しで志保さんを見詰めた。

志保さんの顔がほっこりした。次に、その柔らかな視線はゆっくりと遼君に向かった。

遼君はその場で上を見た。肩のあたりが揺れていた。

込み上げた熱いものが瞳から頬を伝い零れ落ちていた。

〈著者紹介〉
芝くりむ（しば くりむ）
ペットは友人でもあり休日は一緒に過ごしています。毎週日曜日の午後、近くの小学校の体育館で開催される卓球サークルに参加するのが楽しみです。また、遠方（松本市）の高齢者施設に滞在する母上さまに会うのも楽しみです。63歳・再雇用。

ガッキーとグッキー　不思議《ふしぎ》な木箱《きばこ》

2024年9月20日　第1刷発行

著　者　　芝くりむ
発行人　　久保田貴幸

発行元　　株式会社 幻冬舎メディアコンサルティング
〒151-0051　東京都渋谷区千駄ヶ谷4-9-7
電話　03-5411-6440（編集）

発売元　　株式会社 幻冬舎
〒151-0051　東京都渋谷区千駄ヶ谷4-9-7
電話　03-5411-6222（営業）

印刷・製本　中央精版印刷株式会社
装　丁　　弓田和則

検印廃止

Printed in Japan
ISBN 978-4-344-69093-6 C0093
幻冬舎メディアコンサルティングＨＰ
https://www.gentosha-mc.com/